I0526728

DISCOURS
DE DÉMOSTHÈNE
CONTRE PHILIPPE.

TEXTE GREC

AVEC TRADUCTION EN REGARD.

X

23953

ΔΗΜΟΣΘΕΝΟΥΣ
ΚΑΤΑ ΦΙΛΙΠΠΟΥ
ΛΟΓΟΙ.

DISCOURS
DE DÉMOSTHÈNE
CONTRE PHILIPPE.

TEXTE GREC,
AVEC TRADUCTION EN REGARD.

PARIS,
LIBRAIRIE CLASSIQUE DE MAIRE-NYON,
Quai de Conti, No 13.

1832.

IMPRIMERIE EBERHART,
Rue du FoinS.-Jacq., n. 12.

SOMMAIRE

DE LA PREMIÈRE PHILIPPIQUE.

PHILIPPE était monté sur le trône de Macédoine ; il s'y était affermi par ses armes et par sa politique, en soumettant tous les peuples voisins ennemis de son royaume, en amusant par des promesses et par des protestations d'amitié les Athéniens, qu'il craignait plus qu'aucuns des autres Grecs, et avec lesquels, en conséquence, il négocia une paix captieuse, et conclut un traité dont il sut faire tout l'usage qu'il s'était proposé. Possesseur tranquille de la couronne, il avait formé en lui-même le hardi projet de dominer sur une nation libre. Il s'était emparé d'Amphipolis, qu'il avait promis de rendre aux Athéniens ; mais loin de leur tenir parole, il avait encore enlevé Pydna, Potidée et Méthone. Il avait commis contre eux plusieurs autres hostilités, dont il est dit quelque chose dans le cours de cette harangue. Après avoir délivré la Thessalie de ses tyrans, il voulut mettre le pied dans la Grèce, passer dans la Phocide, sous prétexte d'y punir les Phocéens sacriléges ; il essaya de s'emparer des Thermopyles, passage important qui lui ouvrait une entrée facile dans l'Attique. Il n'avait pu réussir. Les Athéniens étaient accourus à propos et lui avaient fermé le passage. Mais ce succès n'avait pas entièrement dissipé leurs alames : ils ne voyaient pas sans terreur un prince actif, à la tête de troupes aguerries, chercher et saisir toutes les occasions de leur nuire ; ils désespéraient de pouvoir le vaincre.

Démosthène profite de cette disposition des esprits pour monter à la tribune ; il harangue ses concitoyens, tâche de relever leur courage abattu, leur montre que Philippe est un prince redoutable, mais non pas invincible, qu'il ne doit ses succès qu'à leur négligence. Il entre ensuite dans le détail de tout ce qu'ils doivent faire, des sommes et des troupes qu'ils doivent lever pour tenir tête à leur ennemi et le réduire. Après quoi il

I

emploie les traits les plus forts, les plus vifs et les plus piquans, pour réveiller leur paresse et les exciter à l'action.

Ce discours fut prononcé la première année de la CVII° Olympiade, sous l'archonte Aristodème. Démosthène n'avait alors que trente ans. Il s'excuse dans son exorde de monter le premier à la tribune, et il annonce qu'il va traiter un sujet rebattu. Avant qu'il parlât, on avait sans doute délibéré plus d'une fois sur les moyens d'arrêter Philippe; mais il peut donner son avis sur un point déjà discuté par les anciens orateurs.——

Il faut remarquer qu'une loi de Solon ordonnait aux orateurs de monter à la tribune en suivant l'ordre de l'ancienneté, de laisser parler d'abord les plus âgés. Eschine, dans sa harangue contre Ctésiphon, forme des vœux pour le rétablissement de cette loi qu'on avait abolie. Mais, quoique révoquée, elle se maintenait encore par le crédit de la raison, qui d'elle-même impose aux jeunes gens des devoirs de bienséance envers les anciens.

DISCOURS
DE DÉMOSTHÈNE
CONTRE PHILIPPE.

PREMIÈRE PHILIPPIQUE.

Athéniens, si vous aviez à délibérer sur quelque affaire nouvelle, j'aurais laissé parler avant moi la plupart des orateurs qui
sont dans l'usage de monter à la tribune ; et, si j'eusse approuvé
quelqu'une de leurs opinions, j'aurais gardé le silence ; sinon,
j'aurais essayé de vous exposer mon propre sentiment : mais
puisque la même affaire, sur laquelle ils ont déjà parlé tant de
fois, est encore aujourd'hui remise en délibération, on me par-
donnera sans doute de prendre la parole avant eux ; car s'ils vous
eussent donné de bons conseils dans les assemblées précédentes, vous ne seriez pas réduits, dans celle-ci, à délibérer
encore sur le même objet.

Je dis d'abord qu'il ne faut pas désespérer des affaires présentes, quoiqu'elles me paraissent dans l'état le plus alarmant ; car
je trouve, dans la cause même de nos malheurs, le motif des
meilleures espérances pour l'avenir. Que veux-je dire par-là ? le
voici. C'est pour n'avoir rien fait de tout ce que vous deviez
faire, que la république est tombée dans un état si déplorable ;
car si elle y fût tombée, malgré votre zèle à remplir tous vos
devoirs, c'est alors seulement qu'il faudrait désespérer du salut
de la patrie. En second lieu, rappelez-vous, soit pour l'avoir
ouï dire, soit pour en avoir été vous-mêmes les témoins, quel

ΔΗΜΟΣΘΕΝΟΥΣ
ΚΑΤΑ ΦΙΛΙΠΠΟΥ
ΛΟΓΟΙ.

ΛΟΓΟΣ ΠΡΩΤΟΣ.

Εἰ μὲν περὶ καινοῦ τινος πράγματος προυτίθετο (Ι),
ὦ ἄνδρες Ἀθηναῖοι, λέγειν, ἐπισχὼν ἂν ἕως οἱ πλεῖςοι
τῶν εἰωθότων γνώμην ἀπεφήναντο, εἰ μὲν ἤρεσκέ τί μοι
τῶν ὑπὸ τούτων ῥηθέντων, ἡσυχίαν ἂν ἦγον. Εἰ δὲ μὴ,
τότ' ἂν αὐτὸς ἐπειρώμην ἃ γιγνώσκω λέγειν. Ἐπειδὴ δὲ
περὶ ὧν πολλάκις εἰρήκασιν οὗτοι πρότερον, συμβαίνει
καὶ νυνὶ σκοπεῖν, ἡγοῦμαι καὶ πρῶτος ἀναςὰς, εἰκότως
ἂν συγγνώμης τυγχάνειν. Εἰ γὰρ ἐκ τοῦ παρεληλυθότος
χρόνου τὰ δέοντα αὐτοὶ συνεβούλευον, οὐδὲν ἂν ὑμᾶς
νῦν ἔδει βουλεύεσθαι.

Πρῶτον μὲν οὖν, οὐκ ἀθυμητέον, ὦ ἄνδρες Ἀθηναῖοι, τοῖς παροῦσι πράγμασιν, οὐδ' εἰ πάνυ φαύλως
ἔχειν δοκεῖ. Ὁ γάρ ἐςι χείριςον αὐτῶν ἐκ τοῦ παρεληλυθότος χρόνου, τοῦτο πρὸς τὰ μέλλοντα βέλτιςον
ὑπάρχει. Τί οὖν ἐςι τοῦτο; ὅτι οὐδὲν, ὦ ἄνδρες Ἀθηναῖοι, τῶν δεόντων ποιούντων ὑμῶν, κακῶς τὰ πράγματα ἔχει. Ἐπείτοιγε, εἰ πάνθ' ἃ προσῆκε πραττόντων,
οὕτως εἶχεν, οὐδ' ἂν ἐλπὶς ἦν αὐτὰ βελτίω γενέσθαι.
Ἔπειτα ἐνθυμητέον, καὶ παρ' ἄλλων ἀκούουσι, καὶ
τοῖς εἰδόσιν αὐτοῖς ἀναμιμνησκομένοις, ἡλίκην πότ'

ἐχόντων δύναμιν Λακεδαιμονίων (2), ἐξ οὗ χρόνος οὐ
πολὺς, ὡς καλῶς καὶ προσηκόντως οὐδὲν ἀνάξιον
ὑμεῖς ἐπράξατε τῆς πόλεως· ἀλλ᾽ ὑπεμείνατε ὑπὲρ τῶν
δικαίων τὸν πρὸς ἐκείνους πόλεμον. Τίνος οὖν ἕνεκα
ταῦτα λέγω; ἵν᾽ εἰδῆτε, ὦ ἄνδρες Ἀθηναῖοι, καὶ θεάσησθε,
ὅτι οὐδὲν οὔτε φυλαττομένοις ὑμῖν ἐςι φοβερὸν, οὔτ᾽
ἂν ὀλιγωρῆτε, τοιοῦτον οἷον ἂν ὑμεῖς βούλησθε· παρα-
δείγμασι χρώμενοι, τῇ τότε ῥώμῃ τῶν Λακεδαιμονίων, ἧς ἐκρατεῖτε ἐκ τοῦ προσέχειν τοῖς πράγμασι τὸν
νοῦν, καὶ τῇ νῦν ὕβρει τούτου, δι᾽ ἣν ταραττόμεθα,
ἐκ τοῦ μηδὲν φροτίζειν ὧν ἐχρῆν.

    Εἰ δέ τις ὑμῶν, ὦ ἄνδρες Ἀθηναῖοι, δυσπολέμητον
οἴεται τὸν Φίλιππον εἶναι, σκοπῶν τό τε πλῆθος τῆς
νῦν ὑπαρχούσης αὐτῷ δυνάμεως, καὶ τὸ τὰ χωρία
πάντα ἀπολωλέναι τῇ πόλει, ὀρθῶς μὲν οἴεται. Λογισάσθω μέντοι τοῦτο, ὅτι εἴχομέν ποτε ἡμεῖς, ὦ ἄνδρες Ἀθηναῖοι, Πύδναν, καὶ Ποτίδαιαν, καὶ Μεθώνην,
καὶ πάντα τὸν τόπον τοῦτον, οἰκεῖον κύκλῳ, καὶ πολλὰ
τῶν μετ᾽ ἐκείνου νῦν ὄντων ἐθνῶν, αὐτονομούμενα καὶ
ἐλεύθερα ὑπῆρχεν, καὶ μᾶλλον ὑμῖν ἐβούλετ᾽ ἔχειν οἰκείως ἢ ἐκείνῳ. Εἰ τοίνυν ὁ Φίλιππος τότε ταύτην ἔσχε
τὴν γνώμην, ὡς χαλεπὸν πολεμεῖν ἐςιν Ἀθηναίοις,
ἔχουσι τοιαῦτα ἐπιτειχίσματα τῆς αὑτοῦ χώρας, ἔρημον ὄντα συμμάχων, οὐδὲν ἂν, ὧν νυνὶ πεποίηκεν,
ἔπραξεν, οὐδὲ τοσαύτην ἐκτήσατο δύναμιν· ἀλλ᾽ οἶδεν,
ὦ ἄνδρες Ἀθηναῖοι, τοῦτο καλῶς ἐκεῖνος, ὅτι ταῦτα
μὲν ἐςιν ἅπαντα τὰ χωρία, ἆθλα τοῦ πολέμου, κείμενα
ἐν μέσῳ (3). Φύσει δ᾽ ὑπάρχει τοῖς παροῦσι τὰ τῶν
ἀπόντων, καὶ τοῖς ἐθέλουσι πονεῖν καὶ κινδυνεύειν τὰ
τῶν ἀμελούντων. Καὶ γάρ τοι, ταύτῃ χρησάμενος τῇ
γνώμῃ, πάντα κατέςραπται καὶ ἔχει, τὰ μὲν ὡς ἂν
ἑλών τις ἔχοι πολέμῳ, τὰ δὲ σύμμαχα καὶ φίλα ποι-

courage vous avez déployé contre les Lacédémoniens , lorsqu'ils étaient parvenus dans ces derniers temps à un si haut degré de puissance ; avec quelle force digne de vous et de vos ancêtres , vous avez soutenu contre eux les droits de la justice et vengé la cause de toute la Grèce. Quel est mon but en vous parlant ainsi ? c'est de vous convaincre , c'est de vous faire sentir que vous n'avez rien à craindre , tant que vous serez sur vos gardes ; mais aussi rien à espérer , tant que vous resterez dans l'inaction , comme vous en avez la preuve dans les victoires que vous avez remportées sur les Lacédémoniens , du moment où vous avez donné votre attention aux affaires publiques , et dans les alarmes où vous jette l'insolence de votre ennemi , depuis que vous négligez entièrement le soin de l'État.

Si quelqu'un de vous regarde Philippe comme un ennemi redoutable , en le voyant à la tête d'une puissante armée , et maître de toutes nos places , sa crainte est fondée : mais aussi faites réflexion qu'il fut un temps où nous étions les maîtres de Pydne , de Potidée et de Méthone , et de toute cette vaste enceinte de pays adjacens. Rappelez-vous que plusieurs des peuples qui combattent maintenant avec Philippe , se gouvernaient alors par leurs propres lois , jouissaient d'une entière indépendance , et recherchaient beaucoup plus notre amitié que la sienne. Si donc Philippe eût alors raisonné comme vous faites aujourd'hui , s'il eût regardé les Athéniens comme redoutables , en les voyant maîtres de toutes les places fortes qui commandent son pays , et en se voyant lui-même sans alliés , il n'eût jamais rien entrepris de tout ce qu'il a exécuté ; jamais il ne se fût élevé à ce haut degré de puissance : mais il savait très-bien que toutes ces places étaient autant de prix exposés aux yeux des combattans et destinés au vainqueur ; il savait que , selon le cours ordinaire de la nature , les absens sont dépouillés par les présens , et ceux qui fuient les dangers et les travaux , par ceux qui les affrontent. C'est en suivant de telles maximes , qu'il a tout subjugué , tout envahi ; qu'il règne partout , ici à titre de conquérant , là sous le titre d'ami et d'allié : car on recherche l'alliance et l'amitié de ceux que l'on voit toujours préparés et résolus à faire ce qu'exigent les circonstances.

Si vous voulez donc, Athéniens, raisonner comme Philippe, et cela dès aujourd'hui, puisque vous ne l'avez pas fait plus tôt; si chacun de vous, écartant tous les vains prétextes, se montre prêt à rendre à la patrie tous les services qui sont en son pouvoir et que demandent les circonstances; si tous les citoyens veulent concourir au bien public, les riches en contribuant de leurs fortunes, les jeunes en prenant les armes; en un mot, si chacun de vous est résolu de ne s'attendre qu'à lui-même et de sortir de son inaction, en cessant de se flatter que, tandis qu'il ne fera rien, son voisin fera tout pour lui; soyez assurés qu'avec l'aide des Dieux vous recouvrerez tout ce qui vous appartient, que vous réparerez toutes les pertes causées par votre négligence, et que vous tirerez une vengeance éclatante de votre ennemi. Car ne vous figurez pas que cet homme soit un Dieu qui jouisse d'une félicité immuable; il est haï, craint, envié, par ceux-là même qui paraissent les plus dévoués à ses intérêts; car ils ne sauraient être exempts des passions qui animent les autres hommes : mais tous ces sentimens restent ensevelis dans le fond des cœurs, faute de l'appui nécessaire pour éclater impunément; appui qui leur manque par cette inaction où vous languissez maintenant, et dont il faut que vous sortiez enfin.

Voyez en effet, à quel point est montée l'insolence de cet homme : il ne vous laisse plus le choix de l'action ou du repos, mais il vous menace; il parle, à ce qu'on dit, d'un ton plein d'arrogance; il ne peut se contenter de ce qu'il a déjà envahi, mais il s'agrandit tous les jours par de nouvelles conquêtes; et, tandis que vous temporisez, que vous ne faites pas le moindre mouvement, il vous enveloppe et vous investit de toutes parts.

Quand est-ce donc, Athéniens, quand est-ce que vous ferez ce que demande le salut de l'État? Attendez-vous quelque nouvel événement? Attendez-vous, grands Dieux, que la nécessité

ησάμενος. Καὶ γὰρ συμμαχεῖν καὶ προσέχειν τὸν νοῦν
τούτοις ἐθέλουσιν ἅπαντες, οὓς ἂν ὁρῶσι παρεσκευ-
ασμένους, καὶ πράττειν ἐθέλοντας ἃ χρή.

Ἂν τοίνυν, ὦ ἄνδρες Ἀθηναῖοι, καὶ ὑμεῖς, ἐπὶ τῆς
τοιαύτης ἐθελήσητε γενέσθαι γνώμης νῦν, ἐπειδήπερ οὐ
πρότερον, καὶ ἕκαςος ὑμῶν, οὗ δεῖ, καὶ δύναιτ᾽ ἂν
παρασχεῖν αὑτὸν χρήσιμον τῇ πόλει, πᾶσαν ἀφεὶς τὴν
εἰρωνείαν, ἕτοιμος πράττειν ὑπάρξῃ· ὁ μὲν χρήματα
ἔχων, εἰσφέρειν, ὁ δ᾽ ἐν ἡλικίᾳ, ςρατεύεσθαι· συνελόιτι
δ᾽ ἁπλῶς εἰπεῖν, ἢν ὑμῶν αὐτῶν ἐθελήσητε γενέσθαι,
καὶ παύσησθε, αὐτὸς μὲν οὐδὲν ἕκαςος ποιήσειν ἐλπίζων,
τὸν δὲ πλησίον πάνθ᾽ ὑπὲρ αὑτοῦ πράξειν· καὶ τὰ
ὑμέτερ᾽ αὐτῶν κομιεῖσθε, ἂν θεὸς θέλῃ, καὶ τὰ κατ-
ερρᾳθυμημένα πάλιν ἀναλήψεσθε, κἀκεῖνον τιμωρήσεσθε.
Μὴ γὰρ ὡς θεῷ νομίζετ᾽ ἐκείνῳ τὰ παρόντα πεπηγέναι
πράγματα ἀθάνατα· ἀλλὰ μισεῖ τις ἐκεῖνον καὶ δέδιεν,
ὦ ἄνδρες Ἀθηναῖοι, καὶ φθονεῖ, καὶ τῶν πάνυ νῦν
δοκούντων οἰκείως ἔχειν αὐτῷ· καὶ ἅπανθ᾽ ὅσα περ καὶ
ἐν ἄλλοις τισὶν ἀνθρώποις ἔνι, ταῦτα κἂν τοῖς μετ᾽ ἐκείνου χρὴ νομίζειν ἐνεῖναι. Κατέπτηχε μέν τοι ταῦτα
πάντα νῦν, οὐκ ἔχοντα ἀποςροφὴν, διὰ τὴν ὑμετέραν
βραδυτῆτα καὶ ῥᾳθυμίαν, ἣν ἀποθέσθαι φημὶ δεῖν ἤδη.

Ὁρᾶτε γὰρ, ὦ ἄνδρες Ἀθηναῖοι, τὸ πρᾶγμα, οἷ
προελήλυθεν ἀσελγείας ἄνθρωπος, ὃς οὐδ᾽ αἵρεσιν ὑμῖν
δίδωσι τοῦ πράττειν, ἢ ἄγειν ἡσυχίαν, ἀλλ᾽ ἀπειλεῖ,
καὶ λόγους ὑπερηφάνους, ὥς φασι, λέγει, καὶ οὐχ οἷός
τέ ἐςιν ἔχων, ἃ κατέςραπται, μένειν ἐπὶ τούτων· ἀλλ᾽
αἰεί τι προσπεριβάλλεται, καὶ κύκλῳ πανταχῇ μέλλοντας
ὑμᾶς καὶ καθημένους περιςοιχίζεται.

Πότ᾽ οὖν, ὦ ἄνδρες Ἀθηναῖοι, πότε ἃ χρὴ πράξετε;
ἐπειδάν τι γένηται; ἐπειδὰν νὴ Δία ἀνάγκη τις ᾖ; νῦν
δὲ τί χρὴ τὰ γιγνόμενα ἡγεῖσθαι; ἐγὼ μὲν γὰρ οἶμαι

1*

τοῖς ἐλευθέροις μεγίϛην ἀνάγκην τὴν ὑπὲρ τῶν πραγμάτων αἰσχύνην εἶναι. Ἡ βούλεσθε, εἰπέ μοι, περιιόν-
τες αὐτῶν πυνθάνεσθαι κατὰ τὴν ἀγορὰν, λέγεταί τι
καινόν; γένοιτο γὰρ ἄν τι καινότερον, ἢ Μακεδὼν ἀνὴρ
Ἀθηναίους καταπολεμῶν, καὶ τὰ τῶν Ἑλλήνων διοι-
κῶν; Τέθνηκε Φίλιππος; οὐ μὰ Δί᾽, ἀλλ᾽ ἀσθενεῖ. Τί
δ᾽ ὑμῖν διαφέρει; καὶ γὰρ ἂν οὗτός τι πάθῃ, ταχέως
ὑμεῖς ἕτερον Φίλιππον ποιήσετε, ἄν περ οὕτω προσέχητε τοῖς πράγμασι τὸν νοῦν. Οὐδὲ γὰρ οὗτος παρὰ
τὴν αὑτοῦ ῥώμην τοσοῦτον ἐπηύξηται, ὅσον παρὰ τὴν
ὑμετέραν ἀμέλειαν.

Καίτοι καὶ τοῦτο, εἴ τι πάθοι, καὶ τὰ τῆς τύχης
ἡμῖν ὑπάρξαι, ἥπερ αἰεὶ βέλτιον ἢ ἡμεῖς ἡμῶν αὐτῶν
ἐπιμελούμεθα, καὶ γὰρ ἐξεργάσαιτο, ἴσθ᾽ ὅτι πλησίον
μὲν ὄντες, ἅπασιν ἂν τοῖς πράγμασι τεταραγμένοις
ἐπιϛάντες, ὅπως βούλεσθε διοικήσαισθε. Ὡς δὲ νῦν
ἔχετε, οὐδὲ διδόντων ὑμῖν τῶν καιρῶν Ἀμφίπολιν (4),
δέξασθαι δύναισθ᾽ ἄν, ἀπηρτημένοι καὶ ταῖς παρασκευαῖς
καὶ ταῖς γνώμαις.

Ὡς μὲν οὖν δεῖ τὰ προσήκοντα ποιεῖν ἐθέλοντας ὑπάρχειν ἅπαντας ἑτοίμως, ὡς ἐγνωκότων ὑμῶν καὶ πεπει-
σμένων, παύομαι λέγων. Τὸν δὲ τρόπον τῆς παρασκευῆς, ἣν ἀπαλλάξαι ἂν τῶν τοιούτων πραγμάτων
ὑμᾶς ἡγοῦμαι, καὶ τὸ πλῆθος ὅσον, καὶ πόρους οὓς
τινας χρημάτων, καὶ τἆλλα ὡς ἂν μοι βέλτιστα καὶ
τάχιϛα δοκῇ παρασκευασθῆναι, καὶ δὴ πειράσομαι λέ-
γειν· δεηθεὶς ὑμῶν, ὦ ἄνδρες Ἀθηναῖοι, τοσοῦτον,
ἐπειδὰν ἅπαντα ἀκούσητε, κρίνατε, καὶ μὴ πρότερον
προλαμβάνετε, μὴ δ᾽ ἂν ἐξ ἀρχῆς δοκῶ τινι καινὴν
παρασκευὴν λέγειν, ἀναβάλλεσθαί με τὰ πράγματα
ἡγείσθω. Οὐ γὰρ οἱ ταχὺ καὶ τήμερον εἰπόντες, μάλιϛα εἰς δέον λέγουσιν (οὐ γὰρ ἂν τάγε ἤδη γεγενημένα,

vous y force? Mais de quel œil regardez-vous donc tout ce qui
se passe? Pour moi, je ne connais pas de nécessité plus pressante pour les hommes libres que la honteuse situation de leurs
affaires. Ne voulez-vous jamais faire autre chose que vous demander les uns aux autres, en vous promenant sur la place publique : Qu'y a-t-il de nouveau? Et, que peut-il y avoir de plus
nouveau que de voir un Macédonien vainqueur d'Athènes, et
arbitre souverain de la Grèce? Philippe est-il mort, dit l'un?
non, répond un autre; il n'est que malade. Et que vous importe qu'il soit mort ou vivant? puisque, s'il n'existait plus,
vous vous feriez bientôt à vous-même un autre Philippe, en
gardant toujours la même conduite; car celui-ci doit son agran-
dissement bien moins à sa valeur qu'à votre indolence.

Mais enfin, s'il éprouvait quelque accident, si la fortune,
toujours plus attentive que nous-mêmes à nos intérêts, continuait
à nous favoriser, et plût aux Dieux qu'elle achevât son ouvrage!
sachez qu'étant sur les lieux, prêts à profiter de la confusion des
affaires, vous disposeriez de tout à votre gré; mais sachez aussi,
que dans la situation où vous êtes maintenant, quand même les
conjonctures vous livreraient Amphipolis, vous ne pourriez vous
mettre en possession de cette ville, n'ayant rien d'arrêté, ni
dans vos projets, ni dans vos préparatifs.

Comme je vous crois pleinement instruits et convaincus de la
nécessité de faire tout ce que demandent les circonstances et le
bien de l'État, je ne m'arrêterai pas davantage sur ce point.
Mais quels seront les préparatifs les plus propres à nous tirer
de l'embarras où nous sommes? Combien nous faut-il de troupes?
Avec quels subsides les entretenir? Quels sont, en un mot, les
moyens les plus sûrs et les plus prompts de pourvoir au reste des
préparatifs? tels sont les articles sur lesquels je vais donner mon
avis. Mais auparavant, je vous demande une seule grâce; c'est
de ne pas vous prévenir contre mon opinion, avant que vous ne
l'ayez entendue toute entière : jusque-là suspendez votre jugement; et, si je parais d'abord demander de nouveaux préparatifs,
n'allez pas croire que par-là je traîne les affaires en longueur :
car ceux qui vous proposent de marcher promptement et dès ce
jour à l'ennemi, ne sont pas ceux qui vous donnent le conseil le
meilleur à suivre dans les circonstances actuelles, puisqu'il nous

est impossible de réparer tous les maux passés avec nos forces présentes. Mais l'orateur qui vous donne le meilleur conseil est celui qui vous montre combien il vous faut de troupes, de quelle nature elles doivent être, comment vous fournirez à leur entretien, jusqu'à ce que nous ayons terminé la guerre par une paix avantageuse, ou que nous ayons triomphé de nos ennemis. C'est ainsi que nous nous mettrons désormais à l'abri de toute insulte; tel sera, je l'espère, le fruit des mesures que je vais vous proposer, sans vouloir néanmoins interdire à d'autres la faculté d'ouvrir un avis différent. L'idée que je donne de mon projet est magnifique sans doute; mais après l'avoir entendu, vous reconnaîtrez qu'il tient tout ce qu'il promet; vous en jugerez vous-mêmes.

Je dis donc, Athéniens, qu'il faut d'abord armer cinquante galères, et vous résoudre à les monter vous-mêmes, si les circonstances l'exigent; outre cela, il faut équiper, pour la moitié de la cavalerie, un nombre suffisant de vaisseaux de charge et de transport. C'est l'unique moyen d'arrêter les fréquentes irruptions que le roi de Macédoine fait du côté des Thermopyles, dans la Chersonèse, dans le territoire d'Olynthe, partout où l'entraîne son ambition. Il faut une bonne fois lui apprendre que vous êtes sortis de votre profond assoupissement, et que vous allez fondre sur lui, avec la même ardeur avec laquelle vous avez autrefois porté vos armes dans l'Eubée, ensuite vers Haliarte, et tout récemment encore aux Thermopyles. Quand même vous n'exécuteriez pas de point en point le plan que je vous propose, vous en retirerez toujours un avantage considérable : lorsque Philippe sera instruit de vos préparatifs (et il le sera très-exactement, car vous n'avez ici, Athéniens, oui, vous n'avez ici que trop de gens fidèles à l'avertir de tout ce qui se passe); Philippe, dis-je, étant informé de vos préparatifs, se tiendra par crainte renfermé dans ses États; où, s'il néglige de pareils avis, vous le surprendrez sans défense, puisqu'à la première occasion qui se présentera, rien ne vous empêchera de descendre en Macédoine. Voilà le plan que je propose, et je crois que vous devez l'approuver et le mettre à exécution.

J'ajoute, Athéniens, qu'il vous faut de plus un corps de troupes pour attaquer et harceler continuellement notre ennemi. Et qu'on ne me parle pas ici ni de dix mille, ni de vingt mille étran-

τῇ νυνὶ βοηθείᾳ κωλῦσαι δυνηθείημεν)· ἀλλ' ὃς ἂν
δείξῃ, τίς πορισθεῖσα παρασκευὴ, καὶ πόση, καὶ πόθεν
διαμεῖναι δυνήσεται, ἕως ἂν ἢ διαλυσώμεθα πεισθέντες
τὸν πόλεμον, ἢ περιγενώμεθα τῶν ἐχθρῶν. Οὕτω. γὰρ
οὐκέτι τοῦ λοιποῦ πάσχοιμεν ἂν κακῶς. Οἶμαι τοίνυν
ἐγὼ ταῦτα λέγειν ἔχειν, μὴ κωλύων εἴ τις ἄλλος ἐπαγ-
γέλλεταί τι· ἢ μὲν οὖν ὑπόσχεσις, οὕτω μεγάλη. Τὸ δὲ
πρᾶγμα ἤδη τὸν ἔλεγχον δώσει· κριταὶ δ' ὑμεῖς ἔσεσθε.

Πρῶτον μὲν τοίνυν, ὦ ἄνδρες Ἀθηναῖοι, τριήρεις
πεντήκοντα παρασκευάσασθαί φημι δεῖν, εἶτ' αὐτοὺς
οὕτω τὰς γνώμας ἔχειν, ὡς, ἐάν τι δέῃ, πλευστέον εἰς
ταύτας αὐτοῖς ἐμβᾶσι. Πρὸς δὲ τούτοις, τοῖς ἡμίσεσι
τῶν ἱππέων, ἱππαγωγοὺς τριήρεις, καὶ πλοῖα ἱκανὰ
εὐτρεπίσαι κελεύω. Ταῦτα μὲν οἶμαι δεῖν ὑπάρχειν,
ἐπὶ τὰς ἐξαίφνης ταύτας ἀπὸ τῆς οἰκείας χώρας αὐτοῦ
στρατείας, εἰς Πύλας (5), καὶ Χερρόνησον (6), καὶ
Ὄλυνθον (7), καὶ ὅποι βούλεται. Δεῖ γὰρ ἐκείνῳ τοῦτο
ἐν τῇ γνώμῃ παραστῆναι, ὡς ὑμεῖς ἐκ τῆς ἀμελείας
ταύτης τῆς ἄγαν, ὥσπερ εἰς Εὔβοιαν (8), καὶ πρότερόν
ποτέ φασιν εἰς Ἁλίαρτον, καὶ τὰ τελευταῖα πρώην εἰς
Πύλας, ἴσως ἂν ὁρμήσαιτε. Οὔ τοι παντελῶς, οὐδ' εἰ
μὴ ποιήσαιτ' ἂν τοῦτο, ὡς ἐγώ γέ φημι δεῖν, εὐκατα-
φρόνητόν ἐστιν, ἵν' ἢ διὰ τὸν φόβον, εἰδὼς εὐτρεπεῖς
ὄντας ὑμᾶς (εἴσεται γὰρ ἀκριβῶς· εἰσὶ γὰρ, εἰσὶν οἱ
πάντ' ἐξαγγέλλοντες ἐκείνῳ παρ' ὑμῶν αὐτῶν πλείους
τοῦ δέοντος), ἡσυχίαν ἔχῃ, ἢ παριδὼν ταῦτα, ἀφύλα-
κτος ληφθῇ, μηδενὸς ὄντος ἐμποδὼν πλεῖν ἐπὶ τὴν ἐκείνου
χώραν ὑμῖν, ἂν ἐνδῷ καιρός.

Ταῦτα μέν ἐστιν ἃ πᾶσι δεδόχθαι φημὶ δεῖν, καὶ
παρασκευάσασθαι προσήκειν οἶμαι. Πρὸς δὲ τούτοις,
δύναμίν τινα, ὦ ἄνδρες Ἀθηναῖοι, φημὶ προχειρίσασθαι

δεῖν ὑμᾶς, ἢ συνεχῶς πολεμήσει, καὶ κακῶς ἐκεῖνον
ποιήσει. Μή μοι μυρίους, μηδὲ δισμυρίους ξένους (9),
μηδὲ τὰς ἐπιςολιμαίους (10) ταύτας δυνάμεις, ἀλλ'
ἢ τῆς πόλεως ἔςω· κἂν ὑμεῖς ἕνα, κἂν πλείους, κἂν τὸν
δεῖνα, κἂν ὁντινοῦν χειροτονήσητε ςρατηγὸν, τούτῳ
πείσεται καὶ ἀκολουθήσει· καὶ τροφὴν ταύτῃ πορίσαι
κελεύω. Εςαι δ' αὕτη τίς ἡ δύναμις, καὶ πόση, καὶ
πόθεν τὴν τροφὴν ἕξει, καὶ πῶς ταῦτ' ἐθελήσετε ποιεῖν,
ἐγὼ φράσω, καθ' ἕκαςον τούτων διεξιὼν χωρίς.

Ξένους μὲν λέγω, καὶ ὅπως μὴ ποιήσητε τοῦθ' ὃ
πολλάκις ὑμᾶς ἔβλαψεν. Απαντ' ἐλάττω νομίζοντες
εἶναι τοῦ δέοντος, καὶ τὰ μέγις' ἐν τοῖς ψηφίσμασιν
αἱρούμενοι, ἐπὶ τῷ πράττειν οὐδὲ τὰ μικρὰ ποιεῖτε·
ἀλλὰ τὰ μικρὰ ποιήσαντες καὶ πορίσαντες, τούτοις
προστίθετε, ἂν ἐλάττω φαίνηται. Λέγω δὴ τοὺς πάντας
ςρατιώτας δισχιλίους· τούτων δὲ, Αθηναίους φημὶ δεῖν
εἶναι πεντακοσίους, ἐξ ἧς ἄν τινος ὑμῖν ἡλικίας καλῶς
ἔχειν δοκῇ, χρόνον τακτὸν ςρατευομένους, μὴ μακρὸν
τοῦτον, ἀλλ' ὅσον ἂν δοκῇ καλῶς ἔχειν ἐκ διαδοχῆς
ἀλλήλοις· τοὺς δ' ἄλλους, ξένους εἶναι κελεύω· καὶ
μετὰ τούτων ἱππέας διακοσίους, καὶ τούτων πεντήκοντα
Αθηναίους τοὐλάχιςον, ὥσπερ τοὺς πεζοὺς τὸν αὐτὸν
τρόπον ςρατευομένους, καὶ ἱππαγωγοὺς τούτοις· εἶεν·
τί πρὸς τούτοις ἔτι; ταχείας τριήρεις δέκα. Δεῖ γὰρ,
ἔχοντος ἐκείνου ναυτικὸν, καὶ ταχειῶν τριηρῶν ἡμῖν,
ὅπως ἀσφαλῶς ἡ δύναμις πλέῃ. Πόθεν δὴ τούτοις ἡ
τροφὴ γενήσεται; ἐγὼ καὶ τοῦτο φράσω καὶ δείξω·
ἐπειδὰν, διότι τηλικαύτην ἀποχρῆν οἶμαι τὴν δύναμιν
καὶ πολίτας τοὺς ςρατευομένους εἶναι κελεύω, διδάξω.

Τοςαύτην μὲν, ὦ ἄνδρες Αθηναῖοι, διὰ ταῦτα, ὅτι
οὐκ ἔνι νῦν ἡμῖν πορίσασθαι δύναμιν, τὴν ἐκείνῳ παρα-

gers, ni de ces forces imaginaires qui n'existent que dans vos lettres. Je veux des troupes composées de citoyens, à qui l'on ait soin de fournir leur subsistance, et qui sachent obéir, soit que vous leur donniez un ou plusieurs généraux, soit que vous choisissiez celui-ci ou celui-là pour les commander. Mais de quels soldats composerez-vous votre armée? quel sera leur nombre? où trouverez-vous des fonds pour les entretenir? comment, enfin, exécuterez-vous ce que je propose? c'est à quoi je vais répondre en traitant chaque point en particulier.

Et d'abord, à l'égard des troupes étrangères, ne retombez pas dans une faute qui vous a souvent causé de grands malheurs. Vous imaginant d'abord que vous ne pouvez faire trop, vous annoncez les plus grandes choses dans vos décrets, et, au moment d'agir, vous n'exécutez pas même les plus petites; tandis que vous devriez faire peu d'abord, ensuite davantage, à mesure que le besoin l'exige. Je dis donc, qu'il ne faut pas lever plus de deux mille hommes d'infanterie; de ces deux mille hommes, cinq cents devront être pris parmi les Athéniens, à l'âge que vous jugerez à propos. Ils serviront pendant un temps marqué. Ce temps ne doit pas être long, mais réglé sur le nombre des citoyens qui doivent les remplacer dans le service. Le reste de ce corps sera composé d'étrangers : à ces troupes on joindra deux cents cavaliers, dont cinquante au moins devront être Athéniens et serviront aux mêmes conditions que les fantassins. Vous fournirez les bâtimens nécessaires pour le transport de cette cavalerie. Soit, direz-vous; que faut-il encore? dix galères légèrement armées; car, Philippe ayant une flotte, nous avons besoin de ces galères pour assurer le trajet de nos troupes. Mais ces troupes, comment les ferons-nous subsister? c'est ce que je vais vous apprendre, après vous avoir dit pourquoi je me borne à une si petite armée, et pourquoi j'impose à nos citoyens l'obligation d'aller servir en personne.

Je me borne à une si petite armée; parce qu'il nous est impossible de mettre actuellement sur pied des forces assez considéra-

bles pour attaquer l'ennemi en bataille rangée. Nous devons
nous réduire à des incursions et à faire le dégât dans son pays;
notre situation présente ne nous permet pas de lui faire autrement la guerre dans le commencement. Il ne faut donc pas que
nos troupes soient trop considérables; car nous ne pourrions assurer ni leur solde, ni leur subsistance. Il ne faut pas non plus
qu'elles soient méprisables par leur petit nombre. Je demande
ensuite que des citoyens aillent servir en personne, et s'embar-
quent avec les troupes de l'expédition, parce que j'entends dire
qu'autrefois la République entretenant à Corinthe des troupes
étrangères commandées par Polystrate, par Iphicrate, par Chabrias et par d'autres généraux, plusieurs Athéniens allèrent joindre l'armée, et qu'alors, ces étrangers combattant avec vous et
vous avec eux, vous triomphâtes des Lacédémoniens. Mais, depuis
que les étrangers seuls font la guerre pour vous, ils ne triom-
phent que de vos alliés et de vos amis, tandis que vos ennemis
deviennent plus puissans qu'il ne faudrait; et, ces étrangers,
après avoir jeté en passant un coup d'œil sur la guerre que nous
avons à soutenir, s'en vont prendre parti chez Artabaze et partout ailleurs, plutôt que de rester à votre service : le général les
suit, et il ne saurait faire autrement; car les soldats cessent d'o-
béir au général qui cesse de les payer.

Qu'est-ce donc que je vous conseille? d'ôter aux chefs comme
aux soldats tout prétexte de mécontentement, en assurant le
paiement de la solde, et d'envoyer servir avec les étrangers, des
citoyens qui aient l'œil sur la conduite des généraux : car notre
conduite actuelle est vraiment ridicule. En effet, si l'on vous
demandait : Athéniens, êtes vous en paix? Non, par Jupiter,
diriez-vous; nous sommes en guerre avec Philippe. En effet,
n'avez-vous pas nommé dix taxiarques, dix phylarques, deux
commandans de la cavalerie? Mais, à l'exception du seul officier
que vous envoyez à l'armée, que font tous les autres? Ils mar-
chent ici en pompe avec vos sacrificateurs dans les cérémonies
publiques. Car, à l'exemple de ces statuaires qui étalent des
figures d'argile et de plâtre, vous faites des taxiarques et des
phylarques pour la montre, et non pour le service. Eh! quoi,
Athéniens, afin que votre armée fût véritablement l'armée d'A-
thènes, ne faudrait-il pas que vous eussiez des Athéniens pour

ταξομένην, ἀλλὰ λῃστεύειν ἀνάγκη, καὶ τούτῳ τῷ τρόπῳ τοῦ πολέμου χρῆσθαι τὴν πρώτην. Οὐ τοίνυν, οὔθ' ὑπέρογκον αὐτὴν (οὐ γάρ ἐςι μισθὸς οὐδὲ τροφὴ) οὐδὲ παντελῶς ταπεινὴν εἶναι δεῖ. Πολίτας δὲ παρεῖναι, καὶ συμπλεῖν διὰ ταῦτα κελεύω, ὅτι καὶ πρότερόν ποτ' ἀκούω ξενικὸν τρέφειν ἐν Κορίνθῳ (11) τὴν πόλιν, οὗ Πολύςρατος (12) ἡγεῖτο, καὶ Ἰφικράτης, καὶ Χαβρίας, καὶ ἄλλοι τινὲς, καὶ ὑμᾶς αὐτοὺς συςρατεύεσθαι· καὶ οἶδα ἀκούων ὅτι Λακεδαιμονίους παραταττόμενοι μεθ' ὑμῶν, ἐνίκων οὗτοι οἱ ξένοι, καὶ ὑμεῖς μετ' ἐκείνων· ἐξ οὗ δ' αὐτὰ καθ' αὐτὰ τὰ ξενικὰ ὑμῖν ςρατεύεται, τοὺς φίλους νικᾷ, καὶ τοὺς συμμάχους, οἱ δ' ἐχθροὶ μείζους τοῦ δέοντος γεγόνασι, καὶ παρακύψαντα ἐπὶ τὸν τῆς πόλεως πόλεμον, πρὸς Ἀρτάβαζον (13), καὶ πανταχοῖ μᾶλλον οἴχεται πλέοντα. Ὁ δὲ ςρατηγὸς, ἀκολουθεῖ. Εἰκότως. Οὐ γάρ ἐςιν ἄρχειν, μὴ διδόντα μισθόν.

Τί οὖν κελεύω; τὰς προφάσεις ἀφελεῖν καὶ τοῦ ςρατηγοῦ, καὶ τῶν ςρατιωτῶν, μισθὸν πορίσαντας, καὶ ςρατιώτας οἰκείους, ὥσπερ ἐπόπτας τῶν ςρατηγουμένων, παρακαταςήσαντας. Ἐπεὶ νῦν γε, γέλως ἔσθ' ὡς χρώμεθα τοῖς πράγμασιν. Εἰ γὰρ ἔροιτό τις ὑμᾶς, Εἰρήνην ἄγετε, ὦ ἄνδρες Ἀθηναῖοι, μὰ Δί'οὐχ ἡμεῖς γε, εἴποιτ' ἂν, ἀλλὰ Φιλίππῳ πολεμοῦμεν. Οὐκ ἐχειροτονεῖτε δὲ ἐξ ὑμῶν αὐτῶν δέκα ταξιάρχους (14), καὶ ςρατηγοὺς, καὶ φυλάρχους, ἱππάρχους δύο; τί οὖν οὗτοι ποιοῦσι; πλὴν ἑνὸς ἀνδρὸς ὃν ἂν ἐκπέμψητε ἐπὶ τὸν πόλεμον, οἱ λοιποὶ τὰς πομπὰς πέμπουσιν ὑμῖν μετὰ τῶν ἱεροποιῶν· ὥσπερ γὰρ οἱ πλάττοντες τοὺς πηλίνους, εἰς τὴν ἀγορὰν χειροτονεῖτε τοὺς ταξιάρχους, καὶ τοὺς φυλάρχους, οὐκ ἐπὶ τὸν πόλεμον. Οὐ γὰρ ἐχρῆν, ὦ ἄνδρες Ἀθηναῖοι, ταξιάρχους παρ' ὑμῶν,

ἱππάρχους παρ' ὑμῶν, ἄρχοντας οἰκείους εἶναι, ἵν' ᾖ
ὡς ἀληθῶς τῆς πόλεως ἡ δύναμις; Ἀλλ' εἰς μὲν Λῆμνον (15) τὸν παρ' ὑμῶν ἵππαρχον δεῖ πλεῖν, τῶν δ'
ὑπὲρ τῆς πόλεως κτημάτων ἀγωνιζομένων Μενέλαον
ἱππαρχεῖν· καὶ οὐ τὸν ἄνδρα μεμφόμενος ταῦτα λέγω,
ἀλλ' ἀφ' ὑμῶν ἔδει κεχειροτονημένον εἶναι τοῦτον, ὅς
τις ἂν ᾖ.

Ἴσως δὲ ταῦτα μὲν ὀρθῶς ἡγεῖσθε λέγεσθαι· τὸ δὲ
τῶν χρημάτων, πόσα καὶ πόθεν ἔσθαι, μάλιςα ποθεῖτε
ἀκοῦσαι, τοῦτο δὴ καὶ περανῶ. Χρήματα τοίνυν (ἔςι
μὲν ἡ τροφὴ, σιτηρέσιον τοῖς ςρατευομένοις μόνον) τῇ
δυνάμει ταύτῃ, τάλαντα ἐννενήκοντα, καὶ μικρόν τι
πρός. Δέκα μὲν ναυσὶ ταχείαις, τεσσαράκοντα τάλαντα,
εἴκοσιν εἰς τὴν ναῦν μναῖ, τοῦ μηνὸς ἐκάςου· ςρατιώταις δὲ δισχιλίοις. τοσαῦτα ἕτερα, ἵνα δέκα ἕκαςος τοῦ
μηνὸς ὁ ςρατιώτης δραχμὰς (16) σιτηρέσιον λαμβάνῃ·
τοῖς δ' ἱππεῦσι, διακοσίοις οὖσιν, ἐὰν τριάκοντα δραχμὰς ἕκαςος λαμβάνῃ τοῦ μηνὸς, δώδεκα τάλαντα.

Εἰ δέ τις οἴεται μικρὰν ἀφορμὴν σιτηρέσιον τοῖς
ςρατευομένοις ὑπάρχειν, οὐκ ὀρθῶς ἔγνωκεν. Ἐγὼ γὰρ
οἶδα σαφῶς ὅτι, εἰ τοῦτο γένηται, προσποριεῖται τὰ
λοιπὰ αὐτὸ τὸ ςράτευμα ἀπὸ τοῦ πολέμου, οὐδένα τῶν
Ἑλλήνων ἀδικοῦν, οὐδὲ τῶν συμμάχων, ὥστ' ἔχειν
μισθὸν ἐντελῆ. Κἀγὼ συμπλέων ἐθελοντὴς, πάσχειν
ὁτιοῦν ἕτοιμος, ἐὰν μὴ ταῦθ' οὕτως ἔχῃ.

Πόθεν οὖν ὁ πόρος τῶν χρημάτων, ἃ παρ' ὑμῶν
κελεύω, γενήσεται; τοῦτ' ἤδη λέξω.

Moyens indiqués pour la levée des subsides.

Ici le greffier lit l'avis de l'orateur; après quoi l'orateur poursuit.

Ἃ μὲν ἡμεῖς, ὦ ἄνδρες Ἀθηναῖοι, δεδυνήμεθα εὑρεῖν,
ταῦτά ἐςιν. Ἐπειδὰν δ' ἐπιχειροτονῆτε τὰς γνώμας, ἃ

taxiarques, des Athéniens pour phylarques ; enfin, que vous ne prissiez vos commandans que parmi vos concitoyens? Cependant vous envoyez au secours de Lemnos, le général de votre cavalerie, qui est Athénien, et vous laissez à Ménélas, qui est étranger, le commandement de la cavalerie, destinée à défendre vos possessions. Non que j'attaque le mérite de Ménélas; je dis seulement qu'un emploi de cette importance ne devrait être confié qu'à un citoyen d'Athènes.

Vous reconnaissez peut-être la vérité de tout ce que j'ai dit jusqu'ici; mais vous êtes dans l'impatience de savoir quels fonds exige cet armement, et d'où on peut les tirer. Écoutez encore là-dessus mon opinion. L'entretien de votre armée, et je ne parle ici que des munitions de bouche, vous coûtera un peu plus de quatre-vingt-dix talens, dont quarante pour les dix galères d'escorte, à raison de vingt mines par mois pour chaque galère ; quarante talens pour les deux mille hommes d'infanterie, de manière que chaque soldat reçoive dix drachmes par mois pour sa nourriture ; enfin, douze talens pour les deux cents hommes de cavalerie, à raison de trente drachmes par mois pour chaque cavalier.

C'est peu, dira quelqu'un, de pourvoir seulement aux vivres ; et moi je dis que c'est beaucoup. Faites seulement que vos troupes ne manquent pas de vivres, je vous réponds que la guerre leur fournira tout le reste, et que, sans faire le moindre tort ni aux Grecs ni à vos alliés, elles se procureront une solde entière. J'en suis tellement persuadé, que si vous assurez la subsistance de vos troupes, je suis prêt à m'embarquer et à répondre sur ma tête du succès de l'expédition.

Mais où prendra-t-on les fonds que je demande? vous allez l'apprendre.

Moyens indiqués pour la levée des subsides.

Ici le greffier lit l'avis de l'orateur ; après quoi l'orateur poursuit.

Tel est, Athéniens, le meilleur plan que j'aie pu imaginer. Quand vous irez aux opinions, choisissez le parti qui vous paraîtra le plus avantageux ; mais songez qu'il est temps d'en venir aux effets, et de combattre Philippe avec d'autres armes que des lettres et des décrets. Or, il me semble que vous délibérerez beaucoup mieux, et sur la guerre, et sur les préparatifs, si vous considérez la situation du pays où vous devez porter vos armes, et si vous remarquez que Philippe profite des vents et des saisons pour exécuter la plupart de ses entreprises, avant que nous puissions les traverser. Il attend la saison de l'hiver ou celle des vents étésiens pour se mettre en campagne, parce qu'alors il nous est impossible de nous transporter sur les lieux qui sont le théâtre de la guerre. Cette observation doit vous faire sentir la nécessité de fonder vos plans de guerre, non sur l'envoi de troupes levées à la hâte (car de cette manière nous arriverons toujours après l'événement), mais sur des préparatifs continuels et des troupes toujours prêtes à marcher. Vous pouvez faire hiverner vos troupes à Lemnos, à Thase, à Sciathe, et dans d'autres îles voisines, où elles trouveront des ports, des vivres et tout ce qui est nécessaire à des armées. Quant à la saison où l'on aborde facilement à terre et où les vents permettent de longer soit les côtes du pays même, soit les ports des villes marchandes ; c'est ce qu'il vous sera facile de connaître. Du reste, et sur la manière et sur le temps de faire agir vos troupes, il faut vous en reposer sur l'habileté de leur général, qui réglera sa conduite sur les circonstances. Pour vous, Athéniens, ce que vous devez faire ; c'est ce que je propose dans mon décret. Oui, je le dis avec confiance, si vous fournissez d'abord les fonds que je demande, et qu'après avoir disposé tout le reste, vaisseaux, fantassins, cavaliers, vous assujettissiez, par une loi formelle, l'armée toute entière à demeurer constamment sous les armes ; en un mot, si vous faisant vous-mêmes les trésoriers et les dispensateurs de vos fonds, vous demandez au général de vos troupes un compte exact de sa conduite, vous cesserez enfin de remettre toujours les mêmes objets en délibération, et de ne faire autre chose que délibérer.

Ajoutez à cela que vous enleverez d'abord à Philippe le plus

ἂν ὑμῖν ἀρέσκῃ, χειροτονήσαντες ποιήσατε, ἵνα μὴ
μόνον τοῖς ψηφίσμασι καὶ ταῖς ἐπιϛολαῖς πολεμῆτε Φιλίππῳ, ἀλλὰ καὶ τοῖς ἔργοις. Δοκεῖτε δέ μοι πολὺ
βέλτιον ἂν περὶ τοῦ πολέμου, καὶ ὅλης τῆς παρασκευῆς
βουλεύσασθαι, εἰ τὸν τόπον, ὦ ἄνδρες Ἀθηναῖοι, τῆς
χώρας πρὸς ἣν πολεμήσετε ἐνθυμηθείητε, καὶ λογίσαισθε,
ὅτι τοῖς πνεύμασι, καὶ ταῖς ὥραις τοῦ ἔτους τὰ πολλὰ
προλαμβάνων διαπράττεται Φίλιππος, καὶ φυλάξας
τοὺς Ἐτησίας (17) ἢ τὸν χειμῶνα, ἐπιχειρεῖ, ἡνίκ' ἂν
ἡμεῖς μὴ δυνώμεθα ἐκεῖσε ἀφικέσθαι. Δεῖ τοίνυν ὑμᾶς
ταῦτα ἐνθυμουμένους, μὴ βοηθείαις πολεμεῖν (ὑϛε-
ριοῦμεν γὰρ ἁπάντων), ἀλλὰ παρασκευῇ συνεχεῖ, καὶ
δυνάμει. Ὑπάρχει δ' ὑμῖν χειμαδίῳ μὲν χρῆσθαι τῇ δυνάμει, Λήμνῳ, καὶ Θάσῳ, καὶ Σκιάθῳ, καὶ ταῖς ἄλ-
λαις ταῖς ἐν τούτῳ τῷ τόπῳ νήσοις, ἐν αἷς καὶ λιμένες,
καὶ σῖτος, καὶ ἃ χρὴ ϛρατεύμασι πάνθ' ὑπάρχει. Τὴν
δ' ὥραν τοῦ ἔτους, ὅτε καὶ πρὸς τῇ γῇ γενέσθαι ῥᾴδιον,
καὶ τὸ τῶν πνευμάτων ἀσφαλές, πρὸς αὐτῇ τῇ χώρᾳ,
καὶ πρὸς τοῖς τῶν ἐμπορίων ϛόμασι, ῥᾳδίως ἔϛαι
διαγνῶναι. Ἃ μὲν οὖν χρήσεται, καὶ πότε τῇ δυνάμει,
παρὰ τὸν καιρὸν, ὁ τούτων κύριος καταϛὰς ὑφ' ὑμῶν
βουλεύσεται. Ἃ δ' ὑπάρξαι δεῖ παρ' ὑμῶν, ταῦτ' ἐϛίν
ἃ ἐγὼ γέγραφα. Ἂν δὲ ταῦτα, ὦ ἄνδρες Ἀθηναῖοι,
πορίσητε τὰ χρήματα, πρῶτον ἃ λέγω, εἶτα καὶ τ' ἄλλα
πάντα παρασκευάσαντες, τοὺς ϛρατιώτας, τὰς τριήρεις,
τοὺς ἱππέας, ἐντελῆ πᾶσαν τὴν δύναμιν νόμῳ κατα-
κλείσητε ἐπὶ τῷ πολέμῳ μένειν, τῶν μὲν χρημάτων
αὐτοὶ ταμίαι καὶ πορισταὶ γιγνόμενοι, τῶν δὲ πράξεων
παρὰ τοῦ ϛρατηγοῦ τὸν λόγον ζητοῦντες· παύσεσθ' ἀεὶ
περὶ τῶν αὐτῶν βουλευόμενοι, καὶ πλέον οὐδὲν ποι-
οῦντες.

Καὶ ἔτι πρὸς τούτοις, πρῶτον μὲν, ὦ ἄνδρες Ἀθη-

ναῖοι, τὸν μέγιϛον τῶν ἐκείνου πόρων ἀφαιρήσεσθε
Ἔϛι δ' οὗτος ϛίς; ἀπὸ τῶν ὑμετέρων ὑμῖν πολεμε
συμμάχων, ἄγων καὶ φέρων τοὺς πλέοντας τὴν θά
λατταν. Ἔπειτα τί πρὸς τούτῳ; τοῦ πάσχειν αὐτα
κακῶς, ἔξω γενήσεσθε. Οὐχ ὥσπερ τὸν παρελθόντ
χρόνον, εἰς Λῆμνον καὶ Ἴμβρον (18) ἐμβαλὼν, αἰχμα
λώτους, πολίτας ὑμετέρους ᾤχετ' ἄγων, καὶ πρὸς τα
Γεραιϛῷ τὰ πλοῖα συλλαβὼν, ἀμύθητα χρήματα ἐξέλεξε
Τὰ τελευταῖα δ' εἰς Μαραθῶνα ἀπέβη, καὶ τὴν ἱερὰ
ἀπὸ τῆς χώρας ᾤχετ' ἔχων τριήρη (19). Ὑμεῖς δ
οὔτε ταῦτα ἠδύνασθε κωλύειν, οὔτ' εἰς ϛοὺς χρόνου
οὒς ἂν προέλοισθε βοηθεῖν.

Καίτοι τί δήποτε, ὦ ἄνδρες Ἀθηναῖοι, νομίζετε, τὴ
μὲν τῶν Παναθηναίων (20) ἑορτὴν καὶ τὴν τῶν Διονυ
σίων, ἀεὶ τοῦ καθήκοντος χρόνου γίνεσθαι, ἄν τε δεινα
λάχωσιν, ἄν τε ἰδιῶται οἱ τούτων ἑκατέρων ἐπιμελησό-
μενοι. Εἰς ἃ τοσαῦτα ἀναλίσκετε χρήματα, ὅσα οὐδ
εἰς ἕνα τῶν ἀποϛόλων καὶ τοσοῦτον ὄχλον, καὶ τοσαύτην παρασκευὴν, ὅσην οὐκ οἶδ' εἴ τις τῶν ἁπάντω
ἔχει. Τοὺς δὲ ἀποϛόλους πάντας ὑμῖν ὑϛερίζειν τῶν
καιρῶν, τὸν εἰς Παγασὰς, τὸν εἰς Ποτίδαιαν; ὅτ
ἐκεῖνα μὲν ἅπαντα νόμῳ τέτακται, καὶ προεῖδεν ἕκαϛο
ὑμῶν ἐκ πολλοῦ, τίς χορηγός, ἢ γυμνασίαρχος τῆ
φυλῆς, πότε, καὶ παρὰ τοῦ, καὶ τί λαβόντα, τί δε
ποιεῖν, οὐδὲν ἀνεξέταϛον, οὐδ' ἀόριϛον ἐν τούτοις
ἠμέληται. Ἐν δὲ τοῖς περὶ τοῦ πολέμου, καὶ τῆς τούτου παρασκευῆς, ἄτακτα, ἀόριϛα, ἀδιόρθωτα ἅπαντα.
Τοιγαροῦν ἅμα ἀκηκόαμέν τι, καὶ τριηράρχους (21)
καθίσαμεν, καὶ τούτοις ἀντιδόϛεις ποιούμεθα, καὶ περ
χρημάτων πόρου σκοποῦμεν καὶ μετὰ ταῦτα, ἐμβαί-
νειν τοὺς μετοίκους ἔδοξε, καὶ τοὺς χωρὶς οἰκοῦντας
εἶτ' αὐτοὺς πάλιν ἀντιβιβάζειν. Εἶτ' ἐν ὅσῳ ταῦτα μέλ

considérable de tous ses revenus. Quel est ce revenu ? celui qu'il tire de vos alliés, aux dépens desquels il vous fait la guerre, en s'emparant de leurs vaisseaux, et en infestant la mer par ses pirateries. Quel autre avantage retirerez-vous encore de votre armement ? vous ne serez plus vous-mêmes exposés à ses insultes ; vous ne le verrez plus descendre dans les îles de Lemnos et d'Imbros, et emmener vos citoyens prisonniers, vous ne le verrez plus s'emparer de vos vaisseaux. près de Géreste, et s'enrichir par un butin immense : dernièrement encore il descendit à Marathon, et enleva la galère sacrée, sans que vous ayez pu réprimer de pareils brigandages, ni faire arriver vos secours à propos.

Savez-vous pourquoi les Panathénées et les fêtes de Bacchus, ces fêtes qui vous coûtent plus qu'aucun armement naval et qui sont célébrées avec une pompe et une magnificence dont on ne voit point d'exemple chez les autres peuples, savez-vous pourquoi ces fêtes sont toujours solemnisées au temps prescrit, quelle que soit l'habileté de ceux qui en sont chargés, et qu'au contraire toutes vos flottes, comme celles que vous aviez équipées pour Méthone, pour Pagase, pour Potidée, n'arrivent jamais qu'après coup ? c'est que la loi a réglé tout ce qui a rapport à la célébration de vos fêtes ; chacun de vous sait long-temps d'avance quel est le chorège, quel est le gymnasiarque de sa tribu ; ce qu'il doit faire, ce qu'il doit recevoir, de quelle main et en quel temps il le recevra ; tout a été prévu, tout a été réglé avec le plus grand soin. Mais dans ce qui concerne la guerre et les préparatifs militaires, tout se fait sans règle, sans dessein, sans ordre. Au premier bruit de quelque mouvement de l'ennemi, nous nommons des triérarques, nous les admettons à proposer des échanges, et nous cherchons les moyens de fournir aux frais de la guerre ; ensuite on embarque les étrangers établis à Athènes, les gens de la campagne, et enfin les citoyens eux-mêmes. Pendant tous ces retardemens, on nous enlève ce que nos flottes allaient défendre, car le temps d'agir, nous le perdons en pré-

paratifs : or, les occasions n'attendent pas notre lenteur
notre négligence, et les troupes sur lesquelles nous avior
compté dans l'intervalle, se trouvent absolument inutiles dar
le moment tardif où nous les employons. Pour Philippe, il por
aujourd'hui l'insolence à un tel point, que dans ses lettres au
Eubéens, il ose s'exprimer en ces termes :

On lit les lettres de Philippe aux Eubéens.

La plupart des choses qu'on vient de lire ne sont que tro
vraies, mais elles ne sont pas également agréables à entendre
S'il suffisait de supprimer les choses fâcheuses, pour faire qu'elle
ne fussent point arrivées, vos orateurs ne devraient s'étudie
qu'à vous plaire; mais, si les discours dans lesquels on nou
flatte mal à propos ne servent en effet qu'à nous perdre, il es
honteux, Athéniens, de vous tromper vous-mêmes, et, en dif
férant tout ce qui vous rebute, de ne jamais rien faire qu'aprè
coup, sans vouloir enfin comprendre que la manière de bie
conduire une guerre, ce n'est pas de suivre, mais de précéde
les événemens : ainsi qu'un général marche à la tête des troupes
de même un bon politique doit marcher à la tête des affaires
afin d'être toujours le maître d'agir suivant sa volonté, sans êtr
jamais obligé de se traîner à la suite des événemens.

Pour vous, Athéniens, quoique supérieurs à tous les autre
peuples de la Grèce en infanterie, en cavalerie, en vaisseaux et
en revenus, il est certain que, jusqu'à ce jour, vous n'ave
employé à propos aucun de tous ces avantages, et que vous n'a
vez été au-devant d'aucun événement. Vous faites la guerre à
Philippe de la même manière que les Barbares se battent au
pugilat : lorsqu'un de ces grossiers athlètes reçoit un coup, il
porte aussitôt la main à l'endroit où il est frappé; le frappé-t-on
dans un autre, il y porte la main encore; mais de prévenir son

λετε, προαπόλωλεν ἐφ᾽ ἃ ἂν ἐκπλέωμεν· τὸν γὰρ τοῦ
πράττειν χρόνον, εἰς τὸ παρασκευάζεσθαι ἀναλίσκομεν·
ρὶ δὲ τῶν πραγμάτων καιροί, οὐ μένουσι τὴν ὑμετέραν
βραδυτῆτα καὶ ῥαθυμίαν. Ἃς δ᾽ εἰς τὸν μεταξὺ χρόνον
δυνάμεις οἰόμεθα ὑμῖν ὑπάρχειν, οὐδὲν οἷαί τε οὖσαι
ποιεῖν ἐπ᾽ αὐτῶν τῶν καιρῶν ἐξελέγχονται. Ὁ δ᾽ εἰς
τοῦθ᾽ ὕβρεως ἐλήλυθεν, ὥς᾽ ἐπιςέλλειν Εὐβοεῦσιν ἤδη
τοιαύτας ἐπιςολάς.

On lit les lettres (22) de Philippe aux Eubéens.

Τούτων οὖν, ὦ ἄνδρες Ἀθηναῖοι, τῶν ἀνεγνωσμένων,
ἀληθῆ μέν ἐςι τὰ πολλά, ὡς οὐκ ἔδει· οὐ μὴν ἀλλ᾽ ἴσως
οὐχ ἡδέα ἀκούειν. Ἀλλ᾽ εἰ μὲν ὅσα ἄν τις ὑπερβῇ τῷ
λόγῳ, ἵνα μὴ λυπήσῃ, καὶ τὰ πράγματα ὑπερβήσεται,
δεῖ πρὸς ἡδονὴν δημηγορεῖν. Εἰ δ᾽ ἡ τῶν λόγων χάρις,
ἂν ᾖ μὴ προσήκουσα, ἔργῳ ζημία γίγνεται, αἰσχρόν
ἐςιν, ὦ ἄνδρες Ἀθηναῖοι, φενακίζειν ἑαυτοὺς, καὶ
ἅπαντ᾽ ἀναβαλλομένους, ὅσα ἂν ᾖ δυσχερῆ, πάντων
ὑςερίζειν τῶν ἔργων· καὶ μηδὲ τοῦτο δύνασθαι μαθεῖν,
ὅτι δεῖ τοὺς ὀρθῶς πολέμῳ χρωμένους, οὐκ ἀκολου-
θεῖν τοῖς πράγμασιν, ἀλλ᾽ αὐτοὺς ἔμπροσθεν εἶναι τῶν
πραγμάτων· καὶ τὸν αὐτὸν τρόπον, ὥσπερ τῶν ςρατευ-
μάτων ἀξιώσειεν ἄν τις τὸν ςρατηγὸν ἡγεῖσθαι, οὕτω
καὶ τῶν πραγμάτων τοὺς εὖ βουλευομένους ἡγεῖσθαι
χρή, ἵν᾽ ἃ ἂν ἐκείνοις δοκῇ, ταῦτα πράττηται, καὶ μὴ
τὰ συμβαίνοντα ἀναγκάζωνται διώκειν.

Ὑμεῖς δὲ, ὦ ἄνδρες Ἀθηναῖοι, πλείςην δύναμιν
ἁπάντων ἔχοντες, τριήρεις, ὁπλίτας, ἱππέας, χρημάτων
πρόσοδον· τούτων μὲν, μέχρι τῆς τήμερον ἡμέρας, οὐδενὶ
πώποτε ἐν δέοντι κέχρησθε, οὐδενὸς δὲ ἀπολείπεσθε·
ὥσπερ δὲ οἱ Βάρβαροι πυκτεύουσιν, οὕτω πολεμεῖτε
Φιλίππῳ. Καὶ γὰρ ἐκείνων ὁ πληγεὶς, ἀεὶ τῆς πληγῆς

2

ἔχεται· κἂν ἑτέρωσε πατάξη τις, ἐκεῖσέ εἰσιν αἱ χεῖρες·
προβάλλεσθαι δὲ, ἢ βλέπειν ἐναντίον, οὔτε οἶδεν, οὔτ'
ἐθέλει. Καὶ ὑμεῖς, ἐὰν ἐν Χερσονήσῳ πύθησθε Φίλιππον, ἐκεῖσε βοηθεῖν ψηφίζεσθε· ἐὰν ἐν Πύλαις, ἐκεῖσε·
ἐὰν ἄλλοθί που, συμπαραθεῖτε ἄνω καὶ κάτω· καὶ
ςρατηγεῖσθε μὲν ὑπ' ἐκείνου, βεβούλευσθε δὲ οὐδὲν
αὐτοῖς συμφέρον περὶ τοῦ πολέμου, οὐδὲ πρὸ τῶν
πραγμάτων προορᾶτε οὐδὲν, πρὶν ἂν ἢ γεγενημένον ἢ
γιγνόμενόν τι πύθησθε. Ταῦτα δὲ ἴσως πρότερον μὲν
ἐνῆν ποιεῖν· νῦν δὲ ἐπ' αὐτὴν ἥκει τὴν ἀκμὴν, ὥς' οὐκέτ'
ἐγχωρεῖ.

Δοκεῖ δέ μοι θεῶν τις, ὦ ἄνδρες Ἀθηναῖοι, τοῖς
γιγνομένοις ὑπὲρ τῆς πόλεως αἰσχυνόμενος, τὴν φιλο-
πραγμοσύνην ταύτην ἐμβαλεῖν Φιλίππῳ. Εἰ γὰρ ἔχων ἃ
κατέςραπται, καὶ προείληφεν, ἡσυχίαν ἔχειν ἤθελε,
καὶ μηδὲν ἔπραττεν ἔτι, ἀποχρῆν ἐνίοις ὑμῶν ἄν μοι
δοκεῖ, ἐξ ὧν αἰσχύνην, καὶ ἀνανδρίαν, καὶ πάντα τὰ
αἴσχιστα ὠφληκότες ἂν ἦμεν δημοσίᾳ. Νῦν δ' ἐπιχειρῶν
ἀεί τινι, καὶ τοῦ πλείονος ὀρεγόμενος, ἴσως ἂν ἐκκαλέ-
σαιθ' ὑμᾶς, εἴπερ μὴ παντάπασιν ἑαυτῶν ἀπεγνώκατε.

Θαυμάζω δ' ἔγωγε εἰ μηδεὶς ὑμῶν μήτ' ἐνθυμεῖται,
μήτε λογίζεται, ὁρῶν, ὦ ἄνδρες Ἀθηναῖοι, τὴν μὲν
ἀρχὴν τοῦ πολέμου γεγενημένην περὶ τοῦ τιμωρήσασθαι
Φίλιππον, τὴν δὲ τελευτὴν οὖσαν ἤδη ὑπὲρ τοῦ μὴ παθεῖν αὐτοὺς κακῶς ὑπὸ τοῦ Φιλίππου. Ἀλλὰ μὴν ὅτι γε
οὐ ςήσεται, δῆλον, εἰ μή τις αὐτὸν κωλύσει. Εἶτα τοῦτο
ἀναμενοῦμεν, καὶ τριήρεις κενὰς, καὶ τὰς παρὰ τοῦ
δεῖνος ἐλπίδας ἐὰν ἀποςείλητε, πάντ' ἔχειν οἴεσθε καλῶς;
οὐκ ἐμβησόμεθα; οὐκ ἔξιμεν αὐτοὶ, μέρει γέ τινι ςρατιωτῶν οἰκίων νῦν, εἰ καὶ μὴ πρότερον· οὐκ ἐπὶ τὴν
ἐκείνου πλευσούμεθα; ποῖ δὴ προσορμιούμεθα, ἤρετό
τις; εὑρήσει τὰ σαθρὰ τῶν ἐκείνου πραγμάτων, ὦ ἄν-

adversaire, ou de parer ses coups, c'est ce qu'il ne sait pas, c'est ce qu'il ne veut pas faire. Vous pareillement, si l'on vous dit que Philippe est dans la Chersonnèse, vous décrétez l'envoi d'un secours dans la Chersonnèse; si l'on vous dit qu'il est aux Thermopyles, vous décrétez l'envoi d'un secours aux Thermopyles; s'il va d'un autre côté, vous suivez tous ses pas à droite et à gauche; vous faites la guerre sous sa conduite; vous ne savez ni prendre aucune mesure utile au succès de vos armes, ni rien prévoir de ce qui doit arriver, attendant toujours qu'il soit survenu ou qu'il survienne quelque événement, pour sortir de votre inaction. Autrefois peut-être vous pouviez impunément vous conduire ainsi; mais nous voici arrivés au moment qui va décider du sort de la République, et il nous faut absolument changer de conduite.

Je m'imagine que c'est quelque Dieu, honteux pour Athènes de tout ce qui se passe, qui a mis dans le cœur de Philippe cette ambition insatiable dont il est dévoré; car, s'il avait assez de modération pour donner des bornes à ses conquêtes, et ne plus former de nouveaux projets, il en est parmi vous, ou je me trompe fort, qui consentiraient à oublier la honte dont nous nous sommes couverts aux yeux de la Grèce, et tout ce qui nous fait regarder comme des hommes sans honneur et sans courage; mais, comme il tente chaque jour de nouvelles entreprises, et que son ambition n'est jamais satisfaite, peut-être vous arrachera-t-il enfin à votre inaction, si toutefois vous ne désespérez pas de vous mêmes.

Je m'étonne que vous ne fassiez aucune des réflexions qui devraient se présenter à votre esprit, en voyant qu'une guerre commencée par le désir de nous venger se termine par le besoin de nous défendre : mais il est évident que si l'ennemi ne trouve personne qui l'arrête, il ne s'arrêtera jamais de lui-même. Est-ce donc là ce que nous voulons attendre? et croyez-vous que, si vous vous contentez d'envoyer des galères vides avec je ne sais quelles espérances conçues follement sur la foi de celui-ci ou de celui-là, croyez-vous que tout ira bien? Ne prendrons-nous pas enfin le parti de monter nous-mêmes sur nos vaisseaux? Ne marcherons-nous pas en personne avec des troupes composées, non plus seulement d'étrangers, mais aussi de soldats Athéniens? Ne tenterons-nous pas une descente en Macédoine? Mais où aborderons-nous? dira quelqu'un. Eh! la guerre elle-même, Athéniens, la guerre vous fera connaître les endroits faibles de votre ennemi, pourvu seulement que vous ayez le courage de l'attaquer; mais si vous continuez à rester tranquilles dans vos foyers, occupés seulement à écouter les orateurs qui s'accusent et s'injurient les uns les autres, il est impossible, absolument impossible de compter sur aucun succès.

En quelque endroit que vous tentiez une expédition, j'ose assurer que, si une partie seulement des citoyens monte sur la flotte, la bienveillance des Dieux et de la Fortune secondera nos efforts ; mais, partout où vous vous contenterez d'envoyer un général sans troupes, un décret sans force, de vaines espérances émanées de la tribune, quel succès pouvez-vous attendre? Autant ces armemens excitent la risée de vos ennemis, autant ils consternent vos alliés ; car il est impossible, absolument impossible qu'un homme exécute seul tout ce que vous désirez. Il peut bien faire des promesses, donner de belles paroles, et rejeter ensuite sur celui-ci ou sur celui-là tous les mauvais succès ; mais c'est là précisément ce qui a ruiné vos affaires. En effet, lorsque le général de ces malheureux étrangers non payés a été battu, et qu'on vient à cette tribune vous faire mille rapports infidèles de sa conduite, et que vous aussitôt, le jugeant avec la même facilité qu'on l'accuse, vous vous contentez de dénonciations vagues pour le condamner ou l'absoudre au hasard, je vous le demande, que peut-on attendre d'un semblable gouvernement?

Quel est donc le moyen de remédier à de tels abus ? c'est que vous alliez vous-mêmes vous joindre à vos troupes pour être les soldats et les inspecteurs de vos généraux pendant la campagne, et leurs juges quand vous serez rentrés dans vos foyers. Car il ne suffit pas de savoir par ouï-dire, il faut voir de ses propres yeux ce qui se passe dans vos armées. Ceux qui les commandent ont tellement perdu tout sentiment d'honneur, qu'ils s'exposent deux ou trois fois à perdre la vie par le jugement de leurs conci-toyens, et qu'ils n'osent pas s'exposer une seule fois à la perdre dans un combat contre l'ennemi : ils préfèrent la mort des vo-leurs et des brigands à celle des guerriers ; car un malfaiteur doit mourir par la main du bourreau, mais un général par celle de l'ennemi.

δρες Ἀθηναῖοι, αὐτὸς ὁ πόλεμος, ἂν ἐπιχειρῶμεν. Ἂν
μέντοι καθώμεθα οἴκοι, λοιδορουμένων ἀκούοντες καὶ
αἰτιωμένων ἀλλήλους τῶν λεγόντων, οὐδέ ποτ᾽ οὐδὲν
ἡμῖν οὐ μὴ γένηται τῶν δεόντων.

Ὅποι μὲν γὰρ ἄν οἶμαι μέρος τι τῆς πόλεως συν-
αποσαλῇ, κἂν μὴ πᾶσα παρῇ· καὶ τὸ τῶν Θεῶν εὐμενὲς,
καὶ τὸ τῆς τύχης ἡμῖν συναγωνίζεται· ὅποι δ᾽ ἂν σρα-
τηγὸν, καὶ ψήφισμα κενὸν, καὶ τὰς ἀπὸ τοῦ βήματος
ἐλπίδας, ἐκπέμψοιτε, οὐδὲν ἡμῖν τῶν δεόντων γίγνεται·
ἀλλ᾽ οἱ μὲν ἐχθροὶ καταγελῶσιν, οἱ δὲ σύμμαχοι τεθνᾶσι
τῷ δέει, διὰ τοὺς τοιούτους ἀποσόλους· οὐ γάρ ἐσιν, οὐκ
ἔσιν, ἕνα ἄνδρα ἂν δυνηθῆναί ποτε ταῦθ᾽ ὑμῖν πρᾶξαι
ἅπανθ᾽ ὅσα βούλεσθε. Ὑποσχέσθαι μέν τοι, καὶ φῆσαι,
καὶ τὸν δεῖνα αἰτιάσασθαι, καὶ τὸν δεῖνα, ἔσι. Τὰ δὲ
πράγματα, ἐκ τούτων ἀπόλωλεν. Ὅταν γὰρ ἡττῆται μὲν
ὁ σρατηγὸς ἀθλίων ἀπομίσθων ξένων, οἱ δ᾽ ὑπὲρ ὧν ἂν
ἐκεῖνος ἐκεῖ πράξῃ, πρὸς ὑμᾶς ψευδόμενοι ῥαδίως
ἐνθάδε ὦσιν, ὑμεῖς δ᾽ ἐξ ὧν ἂν ἀκούσητε, ὅ, τι ἂν τύχῃ
ῥαδίως ψηφίζησθε, τί καὶ χρὴ προσδοκᾶν;

Πῶς οὖν ταῦτα παύσεται; ὅταν ὑμεῖς, ὦ ἄνδρες
Ἀθηναῖοι, τοὺς αὐτοὺς ἀποδείξητε σρατιώτας, καὶ
μάρτυρας τῶν σρατηγουμένων, καὶ δικασὰς, οἴκαδε
ἐλθόντας, τῶν εὐθυνῶν. Οὐ γὰρ μὴ ἀκούειν μόνον
ὑμᾶς τὰ ὑμέτερα αὐτῶν, ἀλλὰ καὶ παρόντας ὁρᾶν δεῖ.
Νῦν δ᾽ εἰς τοῦθ᾽ ἥκει τὰ πράγματα αἰσχύνης, ὥςε τῶν
σρατηγῶν ἕκασος δὶς καὶ τρὶς κρίνεται παρ᾽ ὑμῖν περὶ
θανάτου, πρὸς δὲ τοὺς ἐχθροὺς οὐδεὶς οὐδὲ ἅπαξ αὐτῶν
ἀγωνίσασθαι περὶ θανάτου τολμᾷ· ἀλλὰ τὸν τῶν ἀν-
δραποδισῶν καὶ λωποδυτῶν θάνατον μᾶλλον αἱροῦνται
τοῦ προσήκοντος. Κακούργου μὲν γὰρ ἐσι κριθέντα
ἀποθανεῖν· σρατηγοῦ δὲ, μαχόμενον τοῖς πολεμίοις.

Υμῶν δὲ οἱ μὲν περιϊόντες μετὰ Λακεδαιμονίων
φασὶ Φίλιππον πράττειν τὴν Θηβαίων κατάλυσιν, καὶ
τὰς πολιτείας διασπᾷν· οἱ δ᾽ ὡς πρέσβεις πέπομφεν ὡς
βασιλέα (23)· οἱ δ᾽ ἐν Ἰλλυριοῖς πόλεις τειχίζειν· οἱ δὲ,
λόγους πλάττοντες, ἕκαςος περιερχόμεθα. Ἐγὼ δ᾽
οἶμαι μὲν, ὦ ἄνδρες Ἀθηναῖοι, νὴ τοὺς θεοὺς, ἐκεῖνον
μεθύειν τῷ μεγέθει τῶν πεπραγμένων, καὶ πολλὰ τοιαῦτα
ὀνειροπολεῖν ἐν τῇ γνώμῃ, τήν τ᾽ ἐρημίαν τῶν κωλυ-
σόντων ὁρῶντα, καὶ τοῖς πεπραγμένοις ἐπηρμένον· οὐ
μέντοι γε, μὰ Δία, οὕτω προαιρεῖσθαι πράττειν, ὥςε
τοὺς ἀνοητοτάτους τῶν παρ᾽ ἡμῖν εἰδέναι τί μέλλει
ποιεῖν ἐκεῖνος· ἀνοητότατοι γάρ εἰσιν οἱ λογοποιοῦντες.
Ἀλλ᾽ ἐὰν ἀφέντες ταῦτα ἐκεῖνο εἰδῶμεν, ὅτι ἐχθρὸς
ἄνθρωπος, καὶ τὰ ἡμέτερα ἡμᾶς ἀποςερεῖ, καὶ χρόνον
πολὺν ὕβρικε, καὶ ἅπαντα ὅσα πώποτε ἠλπίσαμέν τινα
πράξειν ὑπὲρ ἡμῶν, καθ᾽ ἡμῶν εὕρηται, καὶ τὰ λοιπὰ
ἐν ἡμῖν αὐτοῖς ἐςιν, κἂν μὴ νῦν ἐθέλωμεν ἐκεῖ πολεμεῖν
αὐτῷ, ἐνθάδ᾽ ἴσως ἀναγκασθησόμεθα τοῦτο ποιεῖν· ἂν
ταῦτα εἰδῶμεν, καὶ τὰ δέοντα ἐσόμεθα ἐγνωκότες, καὶ
λόγων ματαίων ἀπηλλαγμένοι. Οὐ γὰρ ἅττά ποτ᾽ ἔςαι
δεῖ σκοπεῖν, ἀλλ᾽ ὅτι φαῦλα, ἐὰν μὴ προσέχητε τοῖς
πράγμασι τὸν νοῦν, καὶ τὰ προτήκοντα ποιεῖν ἐθέλητε,
εὖ εἰδέναι.

Ἐγὼ μὲν οὖν, οὔτ᾽ ἄλλοτε πώποτε πρὸς χάριν εἱλό-
μην λέγειν ὅ,τι ἂν μὴ καὶ συνοίσειν ὑμῖν πεπεισμένος
ὦ, νῦν τε ἃ γιγνώσκω, πάνθ᾽ ἁπλῶς, οὐδὲν ὑποστειλά-
μενος, πεπαρρησίασμαι. Ἐβουλόμην δ᾽ ἂν, ὥσπερ ὅτι
ὑμῖν συμφέρει τὸ τὰ βέλτιςα ἀκούειν οἶδα, οὕτως εἰδέναι συνοῖσον καὶ τῷ τὰ βέλτιςα εἰπόντι· πολλῷ γὰρ
ἂν ἥδιον εἶπον, νῦν δ᾽ ἐπ᾽ ἀδήλοις οὖσι τοῖς ἀπὸ τούτων
ἐμαυτῷ γενησομένοις, ὅμως ἐπὶ τῷ συνοίσειν ὑμῖν, ἐὰν
πράξητε ταῦτα, πεπεῖσθαι, λέγειν αἱροῦμαι. Νικῴη δ᾽ ὅ,
τι πᾶσιν ὑμῖν μέλλει συνοίσειν.

Quelques-uns de nos nouvellistes répandent que Philippe trame avec Lacédémone la ruine de Thèbes et la destruction de tous les gouvernemens populaires; d'autres disent qu'il a envoyé des ambassadeurs au Roi de Perse; d'autres, qu'il fortifie des places en Illyrie; en un mot, chacun de nous s'en va débitant de côté et d'autre la nouvelle qu'il a inventée. Pour moi, je suis très-convaincu assurément qu'il est enivré de ses prospérités, et qu'il s'abandonne à ses songes ambitieux avec d'autant plus de confiance, qu'il ne voit personne qui lui résiste, et qu'il a le cœur enflé de ses succès; mais je suis convaincu aussi qu'il ne se conduit pas de manière à laisser pénétrer ses desseins par les plus sottes gens de notre ville; or, les plus sottes gens de notre ville, ce sont les nouvellistes. Mais si, laissant là toutes ces vaines conjectures, nous regardons comme une chose bien connue, que cet homme est notre ennemi; qu'il nous dépouille de nos possessions; que depuis long-temps il nous outrage; que tous les secours, dont nous nous étions flattés, se sont tournés contre nous, que désormais nous n'avons plus d'espoir et de ressource qu'en nous-mêmes; et qu'en refusant aujourd'hui de porter la guerre dans la Macédoine, un jour, peut-être, nous serons forcés de la soutenir aux portes de notre ville; si tout cela nous est bien connu, alors nous saurons ce qu'il nous importe véritablement de savoir, et nous cesserons de nous repaître de vains discours : car, de chercher à connaître l'avenir, ce n'est pas là ce qui doit vous occuper; mais de savoir que cet avenir vous sera funeste, si vous persévérez dans votre inaction et dans votre indifférence sur les affaires publiques, voilà ce qu'il vous importe de bien connaître.

Pour moi, je n'ai jamais cherché à vous plaire aux dépens de vos intérêts; et aujourd'hui encore je viens de vous exposer mon opinion avec autant de liberté que de franchise et de bonne foi. Je voudrais avoir la certitude qu'il est aussi avantageux à l'orateur de vous donner les meilleurs conseils, qu'à vous de les recevoir. Alors je vous aurais parlé avec beaucoup plus de confiance. Mais, quoique j'ignore de quelle manière vous recevrez mes avis, comme je suis convaincu de l'avantage que vous trouverez à les suivre, je ne balance pas à vous les proposer. Puissiez-vous embrasser le parti qui doit vous être le plus utile à tous !

NOTES

DE LA PREMIÈRE PHILIPPIQUE.

⟶◆⟵

(1) Quelques jours avant l'assemblée, on affichait un programme ou placard, pour avertir le peuple du sujet de la délibération.

(2) Dans la guerre *Béotique*, qui avait eu lieu 25 ans avant le discours de Démosthène, et qu'une grande partie des auditeurs avait par conséquent pu voir.

(3) Métaphore empruntée des jeux où l'on étalait les prix aux yeux des athlètes pour animer leur ardeur :

       Medio posuit Deus omnia campo. LUCAIN.

(4) Amphipolis sur les confins de la Macédoine et de la Thrace. Les Athéniens avaient le plus grand intérêt de recouvrer une ville de cette importance. L'orateur, pour piquer et réveiller leur paresse, leur déclare que, dans leur position actuelle, ils ne pourraient y rentrer, quand même les conjonctures leur en ouvriraient les portes.

(5) Pyles ou Thermopyles entre la Plocide et la Thessalie. Philippe, qui appelait ce passage important la clef de la Grèce, avait déjà fait plusieurs tentatives pour s'en emparer.

(6) Cette presqu'île de Thrace avait été cédée depuis un an aux Athéniens par Chersoblepte, trop faible pour la défendre contre Philippe.

(7) Philippe pouvait avoir déjà commis quelques actes d'hostilité contre cette ville, mais il n'en avait pas formé le siége, ni fait aucune démarche en conséquence : car Démosthène ne passerait pas aussi légèrement sur une entreprise dont il parle ailleurs avec tant de force. Ce qui est une preuve que cette Philippique a été prononcée avant les Olynthiennes.

(8) Eubée, île de la mer Égée. — Haliarte, ville de Béotie.

(9) Les Athéniens appelaient *étrangers* ceux qui n'étaient pas citoyens de leur république, *barbares* ceux qui n'étaient pas Grecs ; et *mercenaires* ceux dont ils payaient les services.

(10) *Armées épistolaires*, c.-à-d. *qui n'existent que dans vos lettres.* Les Athéniens, depuis quelque temps, se dispensaient du service ; ils écrivaient pour qu'on leur envoyât des troupes étrangères : on leur faisait espérer qu'on leur en enverrait un certain nombre, que souvent on ne leur envoyait pas, parce qu'ils les payaient mal. — Athènes originairement n'avait point d'autres soldats que ses propres citoyens.

(11) *Corinthe*, l'une des plus célèbres villes de la Grèce, dans le Péloponnèse ; c'est aujourd'hui *Coranto*, dans la Sacanie en Morée. Elle est sur l'isthme qui porte son nom.

(12) L'histoire ne fait acune mention d'un *Polystrate* qui ait eu part à cette guerre. Peut-être faudrait-il lire *Callistrate*, qui selon Xénophon et Diodore, fut collègue d'Iphicrate et de Chabrias dans la guerre dont il s'agit.

(13) *Artabaze*, satrape rebelle de l'Asie Mineure. Investi par soixante-dix mille hommes, et près de succomber, il appela à son secours Charès, qui abandonna la guerre dont il était chargé par la République, alla secourir Artabaze, le dégagea, et reçut une récompense proportionnée au bienfait. Démosthène rejette la faute de Charès sur la désobéissance des soldats qu'on ne payait point.

(14) *Dix généraux, dix taxiarques, dix phylarques.* Chacune des dix tribus élisait tous les ans un nouveau général. Le commandement roulait entre eux tous, et chacun exerçait son jour de charge de généralissime. Le général, parmi les autres droits de sa charge, avait celui de lever, d'assembler et de congédier les troupes. Il pouvait en outre être continué : Phocion le fut quatre fois. Un seul, ordinairement, était envoyé à la tête de l'armée ; les autres qui restaient dans la ville, étaient comme chez nous les Ministres de la guerre. Dans les cérémonies de la religion, ils suivaient les processions dont ils augmentaient la pompe. Le taxiarque commandait l'infanterie de sa tribu ; le phylarque commandait la cavalerie de la sienne. Le phylarque obéis-

2*

sait à l'hipparque, qui commandait la moitié de la cavalerie athénienne.

(15) *Lemnos*, île de la mer Egée, et soumise aux Athéniens.

(16) On évalue la drachme attique à cinquante centimes de notre monnaie. La mine valait cent drachmes ou cinquante francs. Le talent valait soixante mines ou trois mille francs. C'est donc 276,000 francs que demande l'orateur pour l'entretien des troupes.

(17) L'été, les Grecs, à cause de la chaleur, se mettaient en quartier de rafraîchissement : l'hiver les vents étaient contraires pour aller d'Athènes en Macédoine.

(18) *Imbros*, île de la mer Egée, à l'ouest de la Chersonnèse de Thrace : c'est aujourd'hui l'île de Lembro.

(19) Il y avait deux galères sacrées, la galère Paralienne et la galère de Salamine.

(20) Dans les Panathénées, fêtes consacrées à Minerve, et dans les Bacchanales, différents chœurs de musiciens et de danseurs disputaient le prix de la musique et de la danse. On appelait *chorège* le citoyen chargé de fournir aux frais de ces chœurs et *gymnasiarque* celui qui fournissait aux frais des troupes d'athlètes.

(21) Ces triérarques étaient, parmi les citoyens les plus riches, ceux que, par fois, la république obligeait d'armer une galère à leurs dépens. Le citoyen nommé au nombre des triérarques pouvait offrir d'échanger ses biens contre ceux d'un autre citoyen qu'il prétendait être plus riche que lui, et plus en état par conséquent de soutenir les frais nécessaires : et ce dernier se trouvait obligé, ou d'accepter l'échange, ou d'armer à ses dépens. Voilà ce qu'entend Démosthène par ces mots : *nous les admettons à proposer des échanges.*

(22) Nous n'avons pas ces lettres : il paraît qu'elles étaient conçues en termes fort injurieux pour les Athéniens.

(23) *Au Roi de Perse.* Les Grecs appelaient le Roi de Perse *le grand Roi*, ou simplement *le Roi.*

———◦———

SOMMAIRE

DE LA SECONDE PHILIPPIQUE.

Philippe, vainqueur de la Phocide, maître des Thermopyles, et honoré du titre d'Amphictyon avait tourné ses armes du côté de l'Illyrie et de la Thrace. Il y avait déjà fait plusieurs conquêtes, lorsque le Péloponnèse attira son attention. Argos et Messène, villes célèbres de cette contrée, étaient sur le point d'être opprimées par Lacédémone. Elles eurent recours à Philippe. Ce prince avait conclu la paix avec les Athéniens, qui, sur la foi de leurs orateurs gagnés par ses présens, avaient cru qu'il allait abandonner les Thébains. Mais, loin de se détacher de ceux-ci, il partagea avec eux les fruits de la victoire, quand il eut subjugué la Phocide. Les Thébains saisirent avec joie cette occasion favorable de lui ouvrir une porte pour entrer dans le Péloponnèse, où leur haine invétérée contre Sparte ne cessait de fomenter des divisions, et d'entretenir la guerre. Ils sollicitaient donc Philippe de s'unir avec eux, et avec les Messéniens et les Argiens, pour humilier ensemble Lacédémone.

Le monarque écouta volontiers la proposition d'une alliance qui s'accordait avec ses vues. Il fit ordonner par les Amphictyons, que Lacédémone laisserait jouir Argos et Messène d'une indépendance entière; et, pour appuyer le décret des états-généraux de la Grèce, il envoya un corps de troupes dans le Péloponnèse. Lacédémone alarmée réclama le secours des Athéniens, et pressa fortement, par ses députés, la conclusion d'une ligue nécessaire à la sûreté commune. Toutes les puissances intéressées à traverser cette ligue, firent leurs diligences pour en venir à bout. Philippe représenta aux Athéniens, par ses ambassadeurs, qu'ils auraient tort de se déclarer contre lui; que s'il n'avait pas rompu avec Thèbes, il n'avait rien fait en cela contre les traités qui faisaient foi qu'il n'avait rien promis à cet égard. Les députés de Thèbes, d'Argos et de Messène, pressaient aussi les Athéniens très-vivement, et leur reprochaient de n'avoir déjà que trop favorisé les Lacédémoniens, ennemis de Thèbes, et tyrans du Péloponnèse.

Démosthène, insensible à tout le reste, et uniquement attentif aux vrais intérêts de sa patrie, monte à la tribune, et parle en faveur de Lacédémone, prouvant avec force que c'est à la république d'Athènes que Philippe en veut, et qu'il en doit vouloir. C'était là en effet le but principal de son discours. Après avoir reproché aux Athéniens leur mollesse, il les excite à réprimer l'ambition de Philippe dont ils ont tout à craindre. Il expose quelles étaient les véritables vues de ce prince en favorisant Argos et Messène, en préférant l'amitié des Thébains à celle des Athéniens. Il détruit, par des preuves sans réplique, les raisons de ceux qui s'obstinaient à soutenir que le roi de Macédoine n'était pas bien disposé pour la république de Thèbes, en même temps qu'il établit d'une manière invincible, par le caractère des Athéniens et par celui du monarque, qu'il est et doit être mal intentionné pour eux. Afin de développer la politique ambitieuse du roi de Macédoine, et de montrer combien les monarques doivent être suspects aux républiques, il rapporte un morceau frappant d'un discours qu'il avait tenu aux Messéniens, et par lequel il avait voulu leur inspirer de la défiance contre Philippe. Il finit par exhorter le peuple à punir les traîtres qui, au retour de l'ambassade pour les sermens, l'avaient amusé de belles promesses, et contre lesquels il croit nécessaire, pour plusieurs raisons, d'informer juridiquement.

Cette Philippique est une des plus belles. Philippe disait après l'avoir lue : « J'aurais donné ma voix à Démosthène pour me faire déclarer la guerre, et je l'aurais nommé général ».

Elle fut prononcée la première année de la CIXe Olympiade, sous l'archonte Lyciscus.

SECONDE PHILIPPIQUE.

TOUTES les fois qu'on parle, à cette tribune, des entreprises de Philippe et de tout ce qu'il attente contre la foi des traités, je vois que ces discours, où l'on établit la bonté de votre cause, vous paraissent toujours pleins de justice et d'humanité. On trouve que les orateurs disent toujours ce qu'il faut dire quand ils accusent Philippe; mais, après les avoir entendus, on ne fait rien de ce qu'il faut faire, et ces discours ne produisent aucun des fruits qu'on en devait attendre. Les choses mêmes en sont venues au point, que, plus on vous démontre clairement, et la mauvaise foi de Philippe et ses desseins pernicieux contre tous les Grecs, plus il est difficile de vous donner de bons conseils. La première cause de cet embarras, c'est que, les ambitieux devant être réprimés par des actions et non par des paroles, tous vos orateurs, dans la crainte de vous déplaire, n'osent toucher ce point essentiel, ni proposer, soit de vive voix, soit par écrit, les mesures capables d'arrêter l'ennemi; et ils se contentent de vous représenter ses violences, ses perfidies et ses autres attentats. Vous, tranquillement assis pour nous écouter, vous êtes beaucoup plus habiles que Philippe à trouver de bonnes raisons, ou à saisir celles qu'on vous expose; mais faut-il arrêter le cours de ses entreprises, vous demeurez plongés dans l'inaction; d'où il arrive, par une conséquence nécessaire et juste, que vous excellez, vous et lui, dans ce qui fait l'objet de vos soins et de votre application; il agit mieux que vous, et vous parlez mieux que lui. S'il ne faut encore aujourd'hui que démontrer la justice de notre cause, et l'injustice de l'ennemi, la chose est aisée et ne demande aucune peine; mais, s'il faut chercher les moyens de remédier à l'état présent des affaires, d'empêcher qu'il ne nous

ΛΟΓΟΣ ΔΕΥΤΕΡΟΣ.

———◆———

Οταν, ὦ ἄνδρες Ἀθηναῖοι, λόγοι γίγνωνται περὶ ὧν Φίλιππος πράττει καὶ βιάζεται παρὰ τὴν εἰρήνην ἀεὶ, τοὺς ὑπὲρ ὑμῶν λόγους καὶ δικαίους καὶ φιλανθρώπους ὁρῶ φαινομένους, καὶ λέγειν μὲν ἅπαντας ἀεὶ τὰ δέοντα δοκοῦντας τοὺς κατηγοροῦντας Φιλίππου, γιγνόμενον δ᾽ οὐδὲν, ὡς ἔπος εἰπεῖν, τῶν δεόντων, οὐδ᾽ ὧν εἵνεκα ταῦτα ἀκούειν ἄξιον. Ἀλλ᾽ εἰς τοῦτο ἤδη προηγμένα τυγχάνει πάντα τὰ πράγματα τῇ πόλει, ὥς ε ὅσῳ τις ἂν μᾶλλον καὶ φανερώτερον ἐξελέγχῃ Φίλιππον, καὶ τὴν πρὸς ὑμᾶς εἰρήνην παραβαίνοντα, καὶ πᾶσι τοῖς Ἕλλησιν ἐπιβουλεύοντα, τοσούτῳ τὸ τί χρὴ ποιεῖν συμβουλεῦσαι χαλεπώτερον εἶναι. Αἴτιον δὲ τούτων, ὅτι πάντας, ὦ ἄνδρες Ἀθηναῖοι, τοὺς πλεονεκτεῖν ζητοῦντας, ἔργῳ κωλύειν καὶ πράξεσιν, οὐχὶ λόγοις, δέον, πρῶτον μὲν ἡμεῖς οἱ παριόντες, τούτων μὲν ἀφέσαμεν καὶ γράφειν καὶ συμβουλεύειν, διὰ τὴν πρὸς ὑμᾶς ἀπέχθειαν, ὀκνοῦντες, οἷα ποιεῖ δὲ, ὡς δεινὰ καὶ χαλεπὰ, καὶ τοιαῦτα διεξερχόμεθα· ἔπειθ᾽ ὑμεῖς οἱ καθήμενοι, ὡς μὲν ἂν εἴποιτε δικαίους λόγους, καὶ λέγοντος ἄλλου συνίητε, ἄμεινον Φιλίππου παρεσκεύασθε· ὡς δὲ κωλύσαιτ᾽ ἂν ἐκεῖνον πράττειν ταῦτα, ἐφ᾽ ὧν ἐςὶ νῦν, παντελῶς ἀργῶς ἔχετε. Συμβαίνει δὴ πρᾶγμα ἀναγκαῖον, οἶμαι, καὶ ἴσως εἰκός· ἐν οἷς ἑκάτεροι διατρίβετε, καὶ περὶ ἃ σπουδάζετε, ταῦτ᾽ ἄμεινον ἑκατέροις ἔχει, ἐκείνῳ μὲν αἱ πράξεις, ὑμῖν δ᾽ οἱ λόγοι. Εἰ μὲν οὖν καὶ νῦν λέγειν δικαιότερα ὑμῖν ἐξαρκεῖ, ῥᾴδιον, καὶ πόνος οὐδεὶς πρόσεςι τῷ πράγματι· εἰ δ᾽, ὅπως τὰ

παρόντα ἐπανορθωθήσεται, δεῖ σκοπεῖν, καὶ μὴ πρὲ
ἐλθόντα ἔτι πορρωτέρω λήσει πάντας ἡμᾶς, μηδ' ἐπιςή-
σεται μέγεθος δυνάμεως, πρὸς ἣν οὐδ' ἀντάραι δυνησό-
μεθα· οὐχ ὁ αὐτὸς τρόπος, ὥσπερ πρότερον, τοῦ βου-
λεύσασθαι· ἀλλὰ καὶ τοῖς λέγουσιν ἅπασι, καὶ τοῖς
ἀκούουσιν ὑμῖν, τὰ βέλτιςα καὶ τὰ σώσοντ' ἀντὶ τῶν
ῥάςων καὶ τῶν ἡδίςων προαιρετέον.

Πρῶτον μὲν οὖν εἴ τις, ὦ ἄνδρες Ἀθηναῖοι, θαῤῥεῖ,
ὁρῶν ἡλίκος ἤδη καὶ ὅσων κύριός ἐςι Φίλιππος, καὶ
μηδένα οἴεται κίνδυνον φέρειν τοῦτο τῇ πόλει, μηδ' ἐφ'
ὑμᾶς πάντα ταῦτα παρασκευάζεσθαι, θαυμάζω, καὶ
δεηθῆναι πάντων ὁμοίως ὑμῶν βούλομαι, τοὺς λογισμοὺς ἀκοῦσαί μου διὰ βραχέων, δι' οὓς τὰ ἐναντία μοι
παρέςηκε προσδοκᾷν, καὶ δι' οὓς ἐχθρὸν ἡγοῦμαι Φί-
λιππον· ἵν', ἐὰν μὲν ἐγὼ δοκῶ βέλτιον τῶν ἄλλων προ-
ορᾷν, ἐμοὶ πεισθῆτε· ἐὰν δ' οἱ θαῤῥοῦντες καὶ πεπι-
ςευκότες αὐτῷ, τούτοις πρόσθεσθε.

Ἐγὼ τοίνυν, ὦ ἄνδρες Ἀθηναῖοι, λογίζομαι, τίνων
ὁ Φίλιππος κύριος πρῶτον μετὰ τὴν εἰρήνην κατέςη,
Πυλῶν, καὶ τῶν ἐν Φωκεῦσι πραγμάτων. Τί οὖν; πῶς
τούτοις ἐχρήσατο; ἃ Θηβαίοις συμφέρει, καὶ οὐχ ἃ
τῇ πόλει, πράττειν προείλετο. Τί δήποτε; ὅτι πρὸς
πλεονεξίαν, οἶμαι, καὶ τὸ πάνθ' ὑφ' ἑαυτῷ ποιήσασθαι,
τοὺς λογισμοὺς ἐξετάζων, καὶ οὐ πρὸς εἰρήνην, οὐδ'
ἡσυχίαν, οὐδὲ δίκαιον οὐδέν, οἶδε τοῦτο ὀρθῶς· ὅτι τῇ
μὲν ἡμετέρᾳ πόλει, καὶ τοῖς ἡμετέροις ἤθεσιν, οὐδὲν
ἂν ἐνδείξαιτο τοιοῦτον, οὐδὲ ποιήσειεν, ὑφ' οὗ πεισθέντες ὑμεῖς, τῆς ἰδίας ἕνεκα ὠφελείας, τῶν ἄλλων τινὰς
Ἑλλήνων ἐκείνῳ πρόοισθε, ἀλλὰ καὶ τοῦ δικαίου λόγον
ποιούμενοι, καὶ τὴν προσοῦσαν ἀδοξίαν τῷ πράγματι
φεύγοντες, καὶ πάνθ' ἃ προσήκει προορώμενοι, ὁμοίως
ἐναντιώσεσθε, ἄν τι τοιοῦτον ἐπιχειρῇ πράττειν, ὥσπερ

conduise insensiblement à notre perte, et qu'un prince, déjà redoutable, ne parvienne à un degré de puissance où il soit désormais invincible, il faut que nos délibérations prennent une forme absolument différente; nous devons tous également, orateurs et auditeurs, rejeter les avis les plus agréables et les plus commodes, pour embrasser les plus sages et les plus salutaires.

Et d'abord, si quelqu'un de vous, à la vue des conquêtes et de la puissance du roi de Macédoine, demeure dans une sécurité parfaite, et ne voit, dans cet accroissement de puissance, aucun danger qui nous menace, aucun orage qui se forme contre la république, j'admire sa confiance; mais je suis loin de la partager, et je vais vous exposer en peu de mots, les raisons qui me portent à juger autrement des projets de Philippe, et à le regarder comme notre ennemi déclaré. Je vous prie donc de m'écouter avec attention, afin que, si je vous parais lire mieux que les autres dans l'avenir, vous suiviez mes conseils, et qu'au contraire, si vous approuvez la sécurité de ceux qui ont tant de confiance dans Philippe, vous vous abandonniez à leur conduite.

Je considère donc ce que Philippe envahit immédiatement après la paix. Il s'empara des Thermopyles, et se rendit le maître dans la Phocide. Que fit-il ensuite? comment usa-t-il de ces avantages? Il aima mieux agir pour les intérêts des Thébains, que pour les vôtres. Et pour quelle raison? C'est que, rapportant toutes ses vues, non à la paix, non à la tranquillité, non à la justice, mais au seul but de s'agrandir et de tout subjuguer, il a parfaitement compris, par la connaissance qu'il a de notre ville et de notre caractère, qu'il ne vous engagera jamais, ni par des promesses, ni par des bienfaits, à lui sacrifier aucun des peuples de la Grèce. Il sait, au contraire, qu'à la première entreprise qu'il tenterait contre un de ces peuples, aussitôt le zèle de la justice, le soin de votre honneur, et une sage prévoyance de l'avenir vous mettraient les armes à la main, comme si vous aviez à combattre pour vous-mêmes. Quant aux Thébains, il savait, comme l'événement l'a prouvé, qu'en reconnaissance de ce qu'il faisait pour eux, ils lui abandonneraient tout le reste de la Grèce, et que, bien loin de le traverser et de lui opposer aucune résistance, ils iraient même, s'il le voulait, jusqu'à joindre leurs troupes aux siennes; et dans ce moment même, il ne traite si bien ceux de Messène et d'Argos, que parce qu'il a d'eux la même opinion que des Thébains : et rien ne fait mieux votre éloge. On voit par là, qu'entre tous les peuples, il vous a jugés seuls incapables de sacrifier l'intérêt commun de la Grèce à votre intérêt particulier, et de vendre au prix d'aucune faveur ou d'aucun avantage, votre affection et votre zèle pour les Grecs.

Or, ce n'est pas sans raison qu'il a conçu de vous une opinion bien différente de celle qu'il a des Thébains et des Argiens. Il ne pouvait se former une autre opinion de vous, en portant ses regards sur le présent et sur le passé. Car il trouve dans l'histoire, et il entend dire tous les jours, que vos ancêtres, pouvant autrefois devenir les maîtres de la Grèce, à condition de reconnaître pour souverain le roi de Perse, non seulement rejetèrent avec indignation l'empire que ce roi leur offrait par l'organe d'Alexandre, un des ancêtres de Philippe, mais abandonnèrent même leur ville, et s'exposèrent courageusement aux plus grands malheurs : résolution qui fut suivie de ces actions éclatantes, que tout le monde aime à raconter, mais que personne ne peut raconter dignement. Aussi je m'abstiendrai d'entreprendre un semblable récit : car la grandeur de ces actions est au-dessus de tous les efforts de l'éloquence. Quant aux ancêtres des Thébains et des Argiens, Philippe sait que, dans cette occasion, les uns se rangèrent sous les enseignes du Barbare, et les autres ne lui opposèrent aucune résistance. Il a donc jugé que ces deux peuples, ne consultant que leurs intérêts particuliers, abandonneraient les intérêts communs de la Grèce. D'où il a conclu qu'en vous choisissant pour amis, votre alliance ne pourrait lui être utile, que pour des projets conformes à la justice; au lieu qu'en s'attachant aux autres, il trouverait en eux des instrumens prêts à seconder ses vues ambitieuses. Tel est le motif de la préférence qu'il leur a donnée, et qu'il leur donne encore sur vous. Car ce n'est pas qu'il leur voie une marine supérieure à la vôtre, ni que s'étant

ἂν εἰ πολεμοῦντες τύχοιτε· τοὺς δὲ Θηβαίους ἡγεῖτο,
ὅπερ συνέβη, ἀντὶ τῶν ἑαυτοῖς γιγνομένων, τὰ λοιπὰ
ἐάσειν· ὅπως βούλεται πράττειν αὐτὸν, καὶ οὐχ ὅπως
ἀντιπράξειν καὶ διακωλύσειν, ἀλλὰ καὶ συςρατεύσειν,
ἂν αὐτοὺς κελεύῃ. Καὶ νῦν τοὺς Μεσσηνίους καὶ τοὺς
Ἀργείους, ταῦτα ὑπειληφὼς, εὖ ποιεῖ· ὃ καὶ μέγιςόν
ἐςι καθ' ὑμῶν ἐγκώμιον, ὦ ἄνδρες Ἀθηναῖοι. Κέκρισθε
γὰρ ἐκ τούτων τῶν ἔργων, μόνοι τῶν πάντων μηδενὸς
ἂν κέρδους τὰ κοινὰ δίκαια τῶν Ἑλλήνων προέσθαι,
μηδὲ ἀνταλλάξασθαι μηδεμιᾶς χάριτος μηδ' ὠφελείας
τὴν εἰς τοὺς Ἕλληνας εὔνοιαν.

Καὶ μὴν ταῦτ' εἰκότως καὶ περὶ ὑμῶν οὕτως ὑπεί-
ληφε, καὶ κατ' Ἀργείων καὶ Θηβαίων ὡς ἑτέρως, οὐ
μόνον εἰς τὰ παρόντα ὁρῶν, ἀλλὰ καὶ τὰ πρὸ τούτων
λογιζόμενος. Εὑρίσκει γὰρ, οἶμαι, καὶ ἀκούει τοὺς μὲν
ὑμετέρους προγόνους (1), ἐξὸν αὐτοῖς τῶν λοιπῶν
ἄρχειν Ἑλλήνων, ὥς' αὐτοὺς ὑπακούειν βασιλεῖ, οὐ
μόνον οὐκ ἀνασχομένους τὸν λόγον τοῦτον, ἡνίκα
ἦλθεν Ἀλέξανδρος, ὁ τούτων πρόγονος, περὶ τούτων
κῆρυξ· ἀλλὰ καὶ τὴν πόλιν ἐκλιπεῖν προελομένους, καὶ
παθεῖν ὁτιοῦν ὑπομείναντας, καὶ μετὰ ταῦτα πράξαντας
ταῦθ' ἃ πάντες μὲν ἀεὶ γλίχονται λέγειν, ἀξίως δ' εἰπεῖν
οὐδεὶς δεδύνηται· διόπερ κἀγὼ παραλείψω· δικαίως,
ἔςι γὰρ μείζω τὰ ἐκείνων ἔργα ἢ ὡς τῷ λόγῳ τίς ἂν
εἴποι· τοὺς δὲ Θηβαίων καὶ Ἀργείων προγόνους (2),
τοὺς μὲν συςρατεύσαντας τῷ βαρβάρῳ, τοὺς δ' οὐκ
ἐναντιωθέντας. Οἶδεν οὖν ἀμφοτέρους, ἰδίᾳ τὸ λυσιτελοῦν ἀγαπήσοντας, οὐχ ὅ, τι συνοίσει κοινῇ τοῖς Ἕλλησι,
σκεψομένους. Ἡγεῖτο οὖν, εἰ μὲν ὑμᾶς ἕλοιτο φίλους,
ἐπὶ τοῖς δικαίοις αἱρήσεσθαι· εἰ δ' ἐκείνοις πρόσθοιτο,
συνεργοὺς ἕξειν τῆς αὐτοῦ πλεονεξίας. Διὰ ταῦτ' ἐκείνους ἀνθ' ὑμῶν καὶ τότε καὶ νῦν αἱρεῖται. Οὐ γὰρ δὴ

τριήρεις γε ὁρᾷ πλείους αὐτοῖς ἢ ὑμῖν ἐνούσας (3)· οὐδ᾽ ἐν μὲν τῇ μεσογείᾳ τινὰ ἀρχὴν εὕρηκε, τῆς δ᾽ ἐπὶ τῇ θαλάττῃ καὶ τῶν ἐμπορίων ἀφέϛηκεν· οὐδ᾽ ἀμνημονεῖ τοὺς λόγους, οὐδὲ τὰς ὑποσχέσεις, ἐφ᾽ αἷς τῆς εἰρήνης ἔτυχεν.

Ἀλλὰ, νὴ Δία, εἴποι τις ἂν, ὡς πάντα ταῦτα εἰδὼς, οὐ πλεονεξίας ἕνεκεν, οὐδ᾽ ὧν ἐγὼ κατηγορῶ, τότε ταῦτ᾽ ἔπραξεν, ἀλλὰ τῷ δικαιότερα ἀξιοῦν τοὺς Θηβαίους ἢ ἡμᾶς (4). Ἀλλὰ τούτον καὶ μόνον τῶν λόγων πάντων, οὐκ ἔνεϛ᾽ αὐτῷ νῦν εἰπεῖν· ὁ γὰρ Μεσσήνην Λακεδαιμονίους ἀφιέναι κελεύων (5), πῶς ἂν Ὀρχομενὸν καὶ Κορώνειαν τότε Θηβαίοις παραδοὺς, τῷ δίκαια νομίζειν ταῦτ᾽ εἶναι, πεποιηκέναι σκήψαιτο.

Ἀλλ᾽ ἐβιάσθη, νὴ Δία· τοῦτο γὰρ ἔσθ᾽ ὑπόλοιπον· καὶ παρὰ γνώμην, τῶν Θετταλῶν ἱππέων, καὶ τῶν Θηβαίων (5) ὁπλιτῶν ἐν μέσῳ ληφθεὶς, συνεχώρησε ταῦτα· καλῶς. Οὐκοῦν φασὶ μὲν μέλλειν πρὸς τοὺς Θηβαίους αὐτὸν ὑπόπτως ἔχειν, καὶ λογοποιοῦσί τινες περιόντες ὡς Ἐλάτειαν (7) τειχιεῖ. Ὁ δὲ ταῦτα μὲν μέλλει, καὶ μελλήσει γε, ὡς ἐγὼ κρίνω· τοῖς Μεσσηνίοις δὲ καὶ τοῖς Ἀργείοις ἐπὶ τοὺς Λακεδαιμονίους συνεισβάλλειν οὐ μέλλει· ἀλλὰ καὶ ξένους εἰσπέμπει, καὶ χρήματ᾽ ἀποϛέλλει, καὶ δύναμιν μεγάλην ἔχων αὐτός ἐϛι προσδόκιμος. Τοὺς μὲν οὖν ὄντας ἐχθροὺς Θηβαίων Λακεδαιμονίους ἀναιρεῖ· οὓς δ᾽ ἀπώλεσεν αὐτὸς πρότερον Φωκέας νῦν σώζει. Καὶ τίς ἂν ταῦτα πιϛεύσειεν; ἐγὼ μὲν γὰρ οὐκ ἂν ἡγοῦμαι Φίλιππον, οὔτ᾽ εἰ τὰ πρῶτα βιασθεὶς ἄκων ἔπραξεν, οὔτ᾽ ἂν εἰ νῦν ἀπεγίνωσκε Θηβαίους, τοῖς ἐκείνων ἐχθροῖς συνεχῶς ἐναντιοῦσθαι· ἀλλ᾽ ἀφ᾽ ὧν νῦν ποιεῖ, κἀκεῖνα ἐκ προαιρέσεως δῆλός ἐϛι ποιήσας. Ἐκ πάντων δ᾽ ἄν τις ὀρθῶς θεωροίη, ὅτι πάντα πραγματεύεται κατὰ τῆς πόλεως συντάττων. Καὶ

rmé une espèce d'empire au milieu du continent, il dédaigne
empire de la mer et les avantages du commerce, ni qu'il oublie
s promesses et les protestations qu'il vous fit pour obtenir la
aix.

Philippe fait tout cela, me répondra-t-on, et ce n'est point
ar des vues ambitieuses, ni par aucun des motifs que vous lui
àputez, qu'il a préféré l'alliance des Thébains, mais parce qu'il
s croyait plus attachés que vous à la justice. Mais de toutes les
isons c'est la seule qu'il ne puisse alléguer aujourd'hui. Com-
ent en effet, un homme qui commande aux Lacédémoniens
e ne pas inquiéter Messène, peut-il prétendre que dans le
mps où il livrait Orchomène et Coronée aux Thébains, il n'a-
ssait que par un principe de justice?

Mais il fut forcé, répondra-t-on (et c'est la seule chose qui reste
dire en sa faveur), il fut forcé de livrer ces deux places, lors-
q'il fut surpris et enveloppé par la cavalerie Thessalienne et
infanterie Thébaine : fort bien. On dit en conséquence qu'il va
ientôt concevoir de la défiance contre les Thébains, qu'il va
rtifier Élatée : mais tout cela est encore dans l'avenir, et y sera
ng-temps; au lieu que la réunion de ses forces à celles de Mes-
ne et d'Argos, pour tomber sur les Lacédémoniens, voilà ce
ui n'est pas dans l'avenir; car en ce moment il fait filer des
oupes du côté du Péloponnèse, il envoie de l'argent, et il est
ttendu lui-même à la tête d'une puissante armée. Ainsi donc,
veut détruire Lacédémone, parce qu'elle est ennemie des Thé-
ains, et en même temps rétablir la Phocide, qu'il n'avait dé-
uite qu'en faveur de ces mêmes Thébains. A qui persuadera-t-
n qu'il ait jamais formé de semblables projets? Pour moi, je
uis persuadé que, s'il n'eût d'abord agi que par contrainte dans
out ce qu'il a fait pour les Thébains, ou s'il se défiait d'eux
aintenant, il ne s'acharnerait pas avec tant de constance contre
eurs ennemis. Mais ce qu'il fait aujourd'hui, prouve clairement
que ce qu'il fit alors fut absolument volontaire. Mais toute sa
onduite en général doit nous prouver que toutes ses vues et tou-
es ses démarches tendent à la ruine d'Athènes; et c'est même
ine espèce de nécessité pour lui de nous abattre, s'il veut réus-
ir dans le projet qu'il médite. La réflexion suivante vous en con-

vaincra. Il veut dominer dans la Grèce ; or , il ne voit que vous
qui puissiéz le traverser dans ce dessein : vous avez depuis long-
temps à vous plaindre de ses injustices. Il le sait au fond de son
cœur, et le sait d'autant plus que les pays et les places qu'il
nous a enlevés servent à lui assurer la paisible jouissance de ses
autres possessions : car , s'il perdait Amphipolis et Potidée, il ne
se croirait pas en sûreté dans le cœur même de ses États. Il sait
donc parfaitement deux choses : l'une qu'il vous tend des pièges,
et l'autre que vous vous en apercevez; et , comme il vous croit
des hommes sensés, il présume que vous lui portez toute la haine
qu'il mérite ; et il s'aigrit contre vous, dans la pensée que vous
saisirez la première occasion de lui porter quelque coup funeste,
s'il ne se hâte de vous prévenir. C'est pour cela qu'il a l'œil toujours ouvert sur notre république, qu'il épie le moment de nous
surprendre, qu'il se fait des partisans et des créatures chez les
Thébains et dans le Péloponnèse, persuadé que les uns sont trop
mercenaires pour ne pas borner toutes leurs vues à l'intérêt du
moment, et les autres trop stupides, pour prévoir des maux à venir. Et néanmoins, avec un peu de prudence, il est aisé de
prévoir ces maux par les exemples frappans qu'il m'arriva un
jour de citer aux Messéniens et aux Argiens , et qu'il est peut-
être encore plus important de vous remettre à vous-mêmes sous
les yeux.

Avec quelle indignation, leur dis-je, les Olynthiens n'eussent-
ils pas écouté quiconque eût parlé devant eux contre Philippe ,
dans le temps qu'il leur cédait la ville d'Anthémonte , que tous
les rois ses prédécesseurs prétendaient leur appartenir; dans le
temps qu'il leur donnait Potidée, après en avoir chassé la colonie d'Athènes, et qu'embrassant leur haine contre nous , il leur
abandonnait avec cette place toutes les terres qui en dépendent !
Croyez-vous qu'ils se fussent alors attendus à tous les maux qu'ils
ont soufferts depuis , ou qu'ils eussent ajouté foi à ceux qui leur
auraient prédit une semblable révolution ? non , sans doute. Et
néanmoins, ajoutai-je , après avoir peu joui du bien des autres,
les voilà dépouillés pour long-temps de leur propre bien , par un
renversement de fortune d'autant plus honteux, qu'ils ont été
non-seulement vaincus par Philippe , mais qu'ils se sont trahis et

οὔτ᾽ ἐξ ἀνάγκης τρόπον τινὰ αὐτῷ νῦν γε δὴ συμβαίνει.
Λογίζεσθε γάρ· ἄρχειν βούλεται, τούτου δ᾽ ἀνταγω-
ιςὰς μόνους ὑπείληφεν ὑμᾶς. Ἀδικεῖ πολὺν ἤδη χρόνον·
αἲ τοῦτο αὐτὸς ἄριςα σύνοιδεν ἑαυτῷ. Οἷς γὰρ οὖσιν
ὑμετέροις ἔχει χρῆσθαι, τούτοις πάντα τὰ ἄλλα ἀσφαλῶς
ἔκτηται. Εἰ γὰρ Ἀμφίπολιν καὶ Ποτίδαιαν πρόειτο,
ὑδ᾽ ἂν οἴκοι μένειν βεβαίως ἡγοῖτο. Ἀμφότερα οὖν
ἴδε, καὶ ἑαυτὸν ὑμῖν ἐπιβουλεύοντα, καὶ ὑμᾶς αἰσθα-
ομένους. Εὖ φρονεῖν δ᾽ ὑμᾶς ὑπολαμβάνων, δικαίως
ν αὐτὸν μισεῖν νομίζοι, καὶ παρώξυνται, πείσεσθαί τι
ἀκὼν προσδοκῶν, ἐὰν καιρὸν λάβητε, ἐὰν μὴ πρότερος
φθάσῃ ποιήσας. Διὰ ταῦτ᾽ ἐγρήγορεν, ἐφέςηκεν ἐπὶ τῇ
ὅλει, θεραπεύει τινὰς Θηβαίων, καὶ Πελοποννησίων
οὓς ταῦτα βουλομένους τούτοις. Οὓς διὰ μὲν πλεονε-
ίαν, τὰ παρόντα ἀγαπήσειν οἴεται· διὰ δὲ σκαιότητα
ρόπων, τῶν μετὰ ταῦτα οὐδὲν προόψεσθαι. Καίτοι
ωφρονοῦσί γε καὶ μετρίως, ἐναργῆ παραδείγματά ἐςιν
ἰεῖν, ἃ καὶ πρὸς Μεσσηνίους καὶ πρὸς Ἀργείους ἐμοὶ
᾽ εἰπεῖν συνέβη, βέλτιον δ᾽ ἴσως ἐςί καὶ πρὸς ὑμᾶς
ἰρῆσθαι (8).

Πῶς γὰρ οἴεσθε, ἔφην, ὦ ἄνδρες Μεσσήνιοι, δυ-
χερῶς ἀκούειν Ὀλυνθίους, εἴ τις λέγοι κατὰ Φιλίπ-
ου, κατ᾽ ἐκείνους τοὺς χρόνους, ὅτ᾽ Ἀνθεμοῦντα (9)
ὲν αὐτοῖς ἠφίει, οὗ πάντες οἱ πρότερον Μακεδονίας
ὰ βασιλεῖς ἀντεποιοῦντο· Ποτίδαιαν δὲ ἐδίδου, τοὺς Ἀθη-
αίων ἀποίκους ἐκβαλών· καὶ τὴν μὲν ἔχθραν τὴν πρὸς
μᾶς αὐτὸς ἀνῄρητο, τὴν χώραν δ᾽ ἐκείνοις ἐδεδώκει
αρποῦσθαι; Ἄρα προσδοκᾶν αὐτοὺς τοιαῦτα πείσεσθαι,
ι λέγοντος ἄν τινος πιςεῦσαι; οὐκ οἴεσθέ γε. Ἀλλ᾽
μως, ἔφην ἐγώ, μικρὸν χρόνον τὴν ἀλλοτρίαν καρπω-
άμενοι, πολὺν τῆς ἑαυτῶν ὑπ᾽ ἐκείνου ςέρονται, αἰ-
χρῶς ἐκπεσόντες, οὐ κρατηθέντες μόνον, ἀλλὰ καὶ

προδοθέντες ὑπ᾽ ἀλλήλων καὶ πραθέντες. Οὐ γὰρ ἀσφα-
λεῖς ταῖς πολιτείαις αἱ πρὸς τοὺς τυράννους αὗται αἱ
λίαν ὁμιλίαι. Τί δ᾽ οἱ Θετταλοί; ἆρ᾽ οἴεσθε, ἔφην, ὅτε
αὐτῶν τοὺς τυράννους ἐξέβαλε, καὶ πάλιν Νίκαιαν (10)
καὶ Μαγνησίαν ἐδίδου, προσδοκᾶν τὴν καθεζῶσαν νῦν
δεκαδαρχίαν (11) ἔσεσθαι παρ᾽ αὐτοῖς, ἢ τὴν Πυλαίαν
ἀποδόντα, τοῦτον τὰς ἰδίας αὐτῶν προσόδους παραι-
ρήσεσθαι; οὐκ ἔςι ταῦτα. Ἀλλὰ μὴν γέγονε ταῦτα, καὶ
πᾶσίν ἐςιν εἰδέναι. Ὑμεῖς δ᾽, ἔφην ἐγὼ, διδόντα μὲν καὶ
ὑπισχνούμενον θεωρεῖτε Φίλιππον· ἐξηπατηκότα δ᾽ ἤδη
καὶ παρακεκρουσμένον ἀπεύχεσθε, ἂν σωφρονῆτ᾽, ἰδεῖν.

Εςι τοίνυν, νὴ Δί᾽, ἔφην ἐγὼ, παντοδαπὰ εὑρημένα
ταῖς πόλεσι πρὸς φυλακὴν καὶ σωτηρίαν, οἷον χαρακώ-
ματα, τείχη, καὶ τάφροι, καὶ τ᾽ ἄλλα ὅσα τοιαῦτα. Καὶ
ταῦτα μέν ἐςιν ἅπαντα χειροποίητα, καὶ δαπάνης πολλῆς προσδεῖται. Ἐν δέ τι κοινὸν ἡ φύσις τῶν εὖ φρο-
νούντων ἐν ἑαυτῇ κέκτηται φυλακτήριον, ὃ πᾶσι μέν
ἐςιν ἀγαθὸν καὶ σωτήριον, μάλιςα δὲ τοῖς πλήθεσι πρὸς
τοὺς τυράννους. Τί οὖν ἐςι τοῦτο; ἀπιςία. Ταύτην
φυλάττετε, ταύτης ἀντέχεσθε. Ἐὰν ταύτην σώζητε,
οὐδὲν δεινὸν μὴ πάθητε. Τί οὖν ζητεῖτε, ἔφην; ἐλευθερίαν; εἶτ᾽ οὐχ ὁρᾶτε Φίλιππον ἀλλοτριωτάτας ταύτῃ
καὶ τὰς προσηγορίας ἔχοντα; βασιλεὺς γὰρ καὶ τύραν-
νος ἅπας, ἐχθρὸς ἐλευθερίᾳ, καὶ νόμοις ἐναντίος. Οὐ
φυλάξεσθε, ἔφην, ὅπως μὴ πολέμου ζητοῦντες ἀπαλλα-
γῆναι, δεσπότην εὕρητε (12);

Ταῦτα ἀκούσαντες ἐκεῖνοι, καὶ θορυβοῦντες, ὡς ὀρθῶς
λέγεται, καὶ πολλοὺς ἑτέρους λόγους καὶ παρὰ τῶν
πρέσβεων, καὶ παρόντος ἐμοῦ, καὶ πάλιν ὕςερον,
ἀκούσαντες, ὡς ἔοικεν· οὐδὲν μᾶλλον ἀποσχήσονται τῆς
Φιλίππου φιλίας, οὐδ᾽ ὧν ἐπαγγέλλεται· καὶ οὐ τοῦτό
ἐςιν ἄτοπον, εἰ Μεσσήνιοι καὶ Πελοποννησίων τινὲς,

vendus les uns les autres : tant il est dangereux pour les républiques de se familiariser avec les tyrans ! Et les Thessaliens : quel
a été leur sort ? Lorsque Philippe chassait leurs tyrans, et leur
rendait Nicée et Magnésie, s'attendaient-ils à être asservis à des
tétrarques, ou que celui qui les rétablissait dans leurs droits
d'Amphyctions, s'emparerait un jour de leurs propres revenus ?
Non, sans doute. Et pourtant voilà ce qui est arrivé aux yeux de
toute la Grèce. Vous donc, ajoutai-je, qui voyez ce que c'est
que Philippe, quand il donne et quand il promet, demandez aux
dieux, si vous êtes sages, de ne pas savoir ce qu'il est, quand
il séduit et quand il trompe.

On a inventé, pour la garde et la sûreté des villes, divers
moyens de défense, tels que des remparts, des murailles, des
fossés, et mille autres ouvrages semblables; mais tous ces
moyens de défense exigent beaucoup de bras et des dépenses
énormes. Il est un rempart commun à tous les sages, et qu'ils
portent en eux-mêmes; un rempart avantageux et salutaire à
tout le monde, mais principalement aux républiques contre les
tyrans. Quel est ce rempart ? la défiance. Portez-la toujours avec
vous ; qu'elle soit votre compagne inséparable : tant que vous la
conserverez, vous serez à l'abri de tous les maux.

D'ailleurs, leur disais-je encore, que cherchez-vous ? la liberté ?
Eh ! ne voyez-vous pas que les noms même de l'Philippe sont en
opposition avec elle : car un tyran, un roi est ennemi de la liberté, et opposé à toutes les lois. Prenez garde, concluais-je
enfin, qu'en voulant vous délivrer de la guerre, vous ne tombiez
entre les mains d'un maître.

Après avoir entendu ce discours, et témoigné leur approbation
par de bruyans applaudissemens, après avoir entendu d'autres
députés leur tenir plusieurs fois le même langage en ma pré-
sence, et vraisemblablement encore après mon départ, les Messéniens et les Argiens n'en restèrent pas moins attachés à l'amitié
de Philippe, et pleins de confiance dans ses promesses. Que des
Messéniens, que des gens du Péloponnèse voient le meilleur parti,
et ne le suivent pas, il n'y a rien là d'extraordinaire ; mais ce qui

est vraiment extraordinaire, c'est que vous-mêmes, instruits par les discours de vos orateurs et par vos propres lumières, qu'on vous dresse des piéges et que l'on vous investit de toutes parts, vous vous exposiez, par votre inaction, à tomber, sans vous en apercevoir, dans l'abîme qu'on creuse sous vos pas : tant les douceurs de l'indolence et le plaisir du moment l'emportent dans votre âme sur tous les avantages à venir !

A l'égard du parti que vous devez prendre vous en délibérerez plus tard, si vous pensez sagement. Quant à la réponse que vous devez faire aux ministres étrangers, voici par quels décrets vous devez leur répondre.

Il faut citer devant vous, Athéniens, ceux qui, par les promesses qu'ils vous apportèrent de Macédoine, vous engagèrent à conclure la paix. Car, moi je n'aurais jamais consenti à aller en ambassade, et vous, j'en suis certain, vous n'auriez jamais posé les armes, si vous eussiez prévu la conduite que tiendrait Philippe après avoir obtenu la paix. Ce qu'on vous promettait alors, était bien différent de ce qu'il a fait depuis. Il en est d'autres encore qu'il faudrait mettre en accusation. Quels sont-ils, ceux qui disaient, après la conclusion de la paix, et à mon retour de la seconde ambassade auprès de Philippe pour la prestation des sermens lorsque je dévoilais le piége où je sentais qu'on engageait la république, ceux dis-je, qui répondaient à mes prédictions, à mes protestations, à mes conseils de ne pas abandonner les Thermopyles, et la Phocide ; qu'étant un buveur d'eau, je devais être un homme chagrin et difficile ! Ils vous assuraient que Philippe, après avoir passé les Thermopyles, se conduirait en tout au gré de vos désirs, qu'il fortifierait Thespies et Platée, réprimerait l'insolence des Thébains, percerait à ses dépens l'isthme de la Chersonnèse, et qu'il vous donnerait Oropе et l'Eubée en dédommagement d'Amphipolis. C'est ici, c'est dans cette tribune qu'on vous débitait tous ces discours, et vous en avez certainement conservé le souvenir, malgré votre facilité à oublier ceux qui violent à votre égard toutes les lois de la justice ; et, pour comble d'ignominie, vous avez, sur de frivoles promesses, lié par un traité vos descendans eux-mêmes : tant vous avez été complettement abusés !

παρ' ἃ τῷ λογισμῷ βέλτισθ' ὁρῶσι, τί πράξουσιν. Ἀλλ'
ὑμεῖς οἱ καὶ συνιέντες αὐτοί, καὶ τῶν λεγόντων ἀκούοντες ἡμῶν, ὡς ἐπιβουλεύεσθε, ὡς περιςοιχίζεσθε, ἐκ
τοῦ μηδὲν ἤδη ποιῆσαι, λήσετε, ὡς ἐμοὶ δοκεῖ, πάντα
ταῦθ' ὑπομείναντες· οὕτως ἡ παραυτίκα ἡδονὴ καὶ ῥαςώνη μεῖζον ἰσχύει τοῦ ποθ' ὕςερον συνοίσειν μέλ-
λοντος.

Περὶ μὲν δὴ τῶν ὑμῖν πρακτέων, καθ' ὑμᾶς αὐτοὺς
ὕςερον βουλεύσεσθε, ἂν σωφρονῆτε· ἃ δὲ νῦν ἀποκρι-
νάμενοι τὰ δέοντ' ἂν εἴητ' ἐψηφισμένοι, ταῦτ' ἤδη λέξω.
Ἦν μὲν οὖν δίκαιον, ὦ ἄνδρες Ἀθηναῖοι, τοὺς ἐνεγ-
κόντας τὰς ὑποσχέσεις ἐφ' αἷς ἐπείσθητε ποιήσασθαι τὴν
εἰρήνην, καλεῖν· οὔτε γὰρ αὐτὸς ἄν ποτε ὑπέμεινα
πρεσβεύειν, οὔτε ἂν ὑμεῖς εὖ οἶδ' ὅτι ἐπαύσασθε πολεμοῦντες, εἰ τοιαῦτα πράξειν τυχόντα τῆς εἰρήνης Φίλιππον ᾤεσθε. Ἀλλ' ἦν πολὺ τούτων ἀφεςηκότα τὰ τότε
λεγόμενα· καὶ πάλιν γ' ἑτέρους καλεῖν. Τίνας; τοὺς,
ὅτ' ἐγὼ, γεγονυίας ἤδη τῆς εἰρήνης, ἀπὸ τῆς ὑςέρας
ἥκων πρεσβείας, τῆς ἐπὶ τοὺς ὅρκους, αἰσθόμενος φε-
νακιζομένην τὴν πόλιν, προὔλεγον καὶ διεμαρτυρόμην,
καὶ οὐκ εἴων προέσθαι Πύλας, οὐδὲ Φωκέας· λέγοντας,
ὡς ἐγὼ μὲν ὕδωρ πίνων (13), εἰκότως, δύσκολος καὶ
δύςροπος εἰμί τις ἄνθρωπος· Φίλιππος δὲ ἅπερ εὔξασθ'
ἂν ὑμεῖς, ἐὰν παρέλθῃ, πράξει, καὶ Θεσπιὰς μὲν καὶ
Πλαταιὰς (14) τειχιεῖ, Θηβαίους δὲ παύσει τῆς ὕβρεως,
Χερρόνησον (15) δὲ τοῖς αὐτοῦ τέλεσι διορύξει, Εὔβοιαν δὲ καὶ τὸν Ὠρωπὸν ἀντ' Ἀμφιπόλεως ὑμῖν ἀπο-
δώσει· ταῦτα γὰρ ἅπαντα ἐπὶ τοῦ βήματος ἐνταυθοῖ
μνημονεύετε οἶδ' ὅτι ῥηθέντα, καίπερ ὄντες οὐ δεινοὶ
τοὺς ἀδικοῦντας μεμνῆσθαι· καὶ τὸ πάντων αἴσχιςον,
καὶ τοῖς ἐκγόνοις, πρὸς τὰς ἐλπίδας, τὴν αὐτὴν εἰρήνην
εἶναι ταύτην προσεψηφίσασθε (16)· οὕτω τελέως ὑπή-
χθητε.

Τί δὴ ταῦτα νῦν λέγω, καὶ καλεῖν φημὶ δεῖν τούτους Ἐγὼ, νὴ τοὺς Θεοὺς, τἀληθῆ μετὰ παῤῥησίας ἐρῶ πρὸς ὑμᾶς, καὶ οὐκ ἀποκρύψομαι. Οὐχ ἵνα εἰς λοιδο‐ ρίαν ἐμπεσὼν, ἐμαυτῷ μὲν ἐξίσου λόγου παρ' ὑμῖ ποιήσω, τοῖς δ' ἐμοὶ προσκρούσασιν ἐξαρχῆς καινὴ: παράσχω πρόφασιν τοῦ πάλιν γέ τι λαβεῖν παρὰ Φιλίπ‐ που, οὐδ' ἵνα τηνάλλως ἀδολεσχῶ· ἀλλ' οἶμαι ποθ' ὑμᾶς λυπήσειν ἃ Φίλιππος πράττει μᾶλλον, ἢ τὰ νυνί Τὰ γὰρ πράγματα ὁρῶ προβαίνοντα, καὶ οὐχὶ βουλοί‐ μην μὲν ἂν εἰκάζειν ὀρθῶς· φοβοῦμαι δὲ μὴ λίαν ἐγγὺς ἦ τοῦτ' ἤδη.

Ὅταν οὖν μηκέθ' ὑμῖν ἀμελεῖν ἐξουσία γίγνηται τῶν συμβαινόντων, μηδ' ἀκούητε ὅτι ταῦτ' ἐφ' ὑμᾶς ἐστιν, ἐμοῦ, μηδὲ τοῦ δεῖνος, ἀλλ' αὐτοὶ πάντα ὁρᾶτε, καὶ εὖ εἰδῆτε· ὀργίλους καὶ τραχεῖς ὑμᾶς ἔσεσθαι νομίζω. Φο‐ βοῦμαι δὲ μὴ τῶν πρέσβεων σεσιωπηκότων, ἐφ' οἷς αὐτοῖς σύνισασι δεδωροδοκηκόσι, τοῖς ἐπανορθοῦν τι πειρωμένοις τῶν διὰ τούτους ἀπολωλότων, τῇ παρ' ὑμῶν ὀργῇ περιπεσεῖν συμβῇ. Ὁρῶ γὰρ ὡς τὰ πολλὰ ἐνίους, οὐκ εἰς τοὺς αἰτίους, ἀλλ' εἰς τοὺς ὑπὸ χεῖρα, μάλιστα τὴν ὀργὴν ἀφιέντας.

Ἕως οὖν ἔτι μέλλει καὶ συνίσταται τὰ πράγματα, καὶ κατακούομεν ἀλλήλων, ἕκαστον ὑμῶν, καίπερ ἀκριβῶς εἰδότα, ὅμως ἐπαναμνῆσαι βούλομαι· τίς (17) ὁ Φω‐ κέας πείσας ὑμᾶς καὶ Πύλας προέσθαι (18), ὧν κατα‐ ςὰς ἐκεῖνος κύριος, τῆς ἐπὶ τὴν Ἀττικὴν ὁδοῦ, καὶ τῆς εἰς Πελοπόννησον, κύριος γέγονε, καὶ πεποίηκεν ὑμῖν, μηκέτι περὶ τῶν Ἑλληνικῶν δικαίων, μήθ' ὑπὲρ τῶν ἔξω πραγμάτων, εἶναι τὴν βουλὴν, ἀλλ' ὑπὲρ τῶν ἐν τῇ χώρα, καὶ τοῦ πρὸς τὴν Ἀττικὴν πολέμου, ὃς λυπήσει μὲν ἕκαςον, ἐπειδὰν παρῇ, γέγονε δ' ἐν ἐκείνῃ

Mais pourquoi, dira-t-on, rappeler maintenant tous ces discours, et demander qu'on mette tous ces hommes en accusation?
Je vais, j'en atteste les dieux! vous dire la vérité avec franchise,
et sans le moindre déguisement. Si je dénonce ici des hommes
qui ont trahi l'État, ce n'est pas que je veuille, en invectivant
contre eux, les exciter à invectiver à leur tour contre moi, ni
fournir à des hommes qui m'ont persécuté dès le commencement, l'occasion de recevoir de nouvelles largesses de Philippe;
ce n'est pas non plus pour me répandre en vaines déclamations :
mais je suis persuadé qu'un jour Philippe vous donnera bien
d'autres sujets d'alarmes. Le danger va croissant de jour en jour :
fassent les dieux que mes conjectures se trouvent fausses! mais
je tremble que déjà nous ne touchions au terme fatal.

Lors donc qu'il ne vous sera plus libre de négliger les évène-
mens; lorsque vous ne serez pas seulement avertis par moi ou
par d'autres, de tout ce qui se prépare contre la république,
mais que vous en serez pleinement convaincus par le témoignage de vos yeux et par votre propre expérience, je ne doute
pas qu'alors vous ne vous abandonniez à la colère et à la sévérité. Je crains, qu'au lieu de punir les députés qui ont dérobé à
votre connaissance tout ce qu'ils savent en eux-mêmes être l'ouvrage de leur corruption; je crains que votre vengeance ne
tombe sur les bons citoyens qui s'efforcent de réparer une partie des maux qu'a faits leur trahison. Car je vois parmi vous
assez de gens qui déchargent leur colère, non sur le coupable,
mais sur le premier qu'ils rencontrent.

Ainsi donc, lorsqu'il en est encore temps, et que l'orage n'est
pas entièrement formé, lorsque nous pouvons encore nous
éclairer mutuellement sur nos intérêts communs; je veux,
quoique vous soyez pleinement instruits du fait, je veux rappeler à votre souvenir quel est l'homme qui vous persuada d'abandonner à Philippe la Phocide et les Thermopyles, dont la possession, lui ouvrant un passage dans l'Attique et dans le Péloponnèse, vous a réduits à la nécessité de délibérer, non plus sur les
droits et les intérêts des Grecs ou sur les affaires du dehors, mais
sur la conservation de vos propres fortunes et sur les moyens d'é-
loigner de l'Attique, une guerre dont chacun de vous sera si
alarmé lorsqu'elle éclatera, mais qui a véritablement commencé

le jour où l'on abusa de votre confiance. Car, si vous n'eussiez pas alors été trompés, la république n'aurait aujourd'hui aucun sujet de crainte. Philippe, en effet, n'étant pas assez puissant sur mer pour tenter une descente dans l'Attique, ni assez puissant sur terre pour forcer le passage des Thermopyles et de la Phocide, se serait renfermé dans les bornes de la justice et aurait observé dans une tranquillité parfaite la foi des traités, ou bien il serait aussitôt retombé dans une guerre semblable à celle qui l'avait contraint auparavent de rechercher la paix.

J'en ai dit assez pour rappeler à votre souvenir les sourdes pratiques de celui qui vous trompa. Dieux immortels! ne permettez pas que nous en soyons convaincus par une funeste expérience! car le citoyen, même le plus coupable et le plus digne de mort, j'aime mieux qu'il soit impuni, que de ne voir son supplice qu'en voyant les dangers et les malheurs de la patrie.

τῇ ἡμέρᾳ. Εἰ γὰρ μὴ παρεκρούσθητε τόθ᾽ ὑμεῖς· οὐδὲν ἂν
ἦν νῦν τῇ πόλει πρᾶγμα· οὔτε γὰρ ναυσὶ δήπου κρατή-
σας, εἰς τὴν Ἀττικὴν ἦλθεν ἄν ποτε ϛόλῳ Φίλιππος (19),
οὔτε πεζῇ βαδίζων ὑπὲρ τὰς Πύλας καὶ Φωκέας· ἀλλ᾽ ἢ
τὰ δίκαια ἂν ἐποίει, καὶ τὴν εἰρήνην ἄγων ἡσυχίαν εἶχεν, ἢ
παραχρῆμα ἂν ἦν ἐν ὁμοίῳ πολέμῳ, δι᾽ ὃν τότε πρότερον τῆς εἰρήνης ἐπεθύμησε.

Ταῦτ᾽ οὖν, ὡς μὲν ὑπομνῆσαι, νῦν ἱκανῶς εἴρηται.
Ὡς δ᾽ ἂν ἐξετασθείη μάλιϛα ἀκριβῶς, μὴ γένοιτο, ὦ
πάντες Θεοί! Οὐδένα γὰρ βουλοίμην ἂν ἐγώ γε, οὐδ᾽
εἰ δίκαιος ἔϛ᾽ ἀπολωλέναι, μετὰ τοῦ πάντων κινδύνου,
καὶ τῆς ζημίας δίκην ὑποσχεῖν.

NOTES

DE LA SECONDE PHILIPPIQUE.

(1) Mardonius que Xerxès après la bataille de Salamine, avait laissé dans la Grèce à la tête de trois cent mille hommes, employa d'abord la voix de la négociation ; il chargea Alexandre, roi de Macédoine, et allié des Athéniens, de les engager à se soumettre au roi de Perse, à condition qu'ils seraient libres chez eux et maître des Provinces à leur convenance. Les Athéniens rejettent ces offres, remportent en un seul jour deux victoires signalées ; l'une sur terre, à Platée, où Mardonius est tué; l'autre sur mer, à Mycale.

(2) Quand Xerxès fit sommer les Grecs de reconnaître sa domination, les Thébains se soumirent et servirent sous ses étendards. Les Argiens voulurent garder la neutralité, et ne concoururent point à la défense commune, sous prétexte qu'on refusait de partager le commandement entre eux et les Lacédémoniens.

(3) Les Athéniens possédaient une marine du double plus forte que celle de tous les autres Grecs ensemble, et chaque vaisseau pouvait se battre contre deux vaisseaux ennemis.

(4) L'union de Philippe avec les Thébains avait un beau côté, la vengeance d'Apollon et le châtiment des profanateurs de son temple.

(5) Thèbes prétendait commander dans la Béotie, comme Sparte, dans le Péloponnèse. Après la défaite des Phocéens, Philippe avait livré aux Thébains Orchomène et Coronée, villes de Béotie, sur lesquelles les Thébains n'avaient pas plus de droit que les Lacédémoniens sur Messène.

(6) La Thessalie était abondante en bons chevaux, et les Thes-

saliens étaient d'excellents cavaliers. Les Thébains excellaient en infanterie ; la cohorte sacrée en faisait l'élite. Philippe avait dans son armée de la cavalerie thessalienne et de l'infanterie thébaine ; et quelques-uns prétendaient que ce prince, investi, pour ainsi dire, par ces troupes étrangères qui servaient sous lui, avait fait bien des choses contre son gré.

(7) Élatée, la plus grande ville de toute la Phocide, sur le fleuve Céphise, et la mieux située pour tenir en respect les Thébains. Aussi, dès que Philippe s'aperçut que les Thébains se refroidissaient pour lui, il commença par s'emparer d'Élatée. On avait démantelé cette place, comme toutes les autres de la Phocide.

(8 On ignore dans quelle circonstance Démosthène fit aux Messéniens la harangue dont il rapporte ici un morceau frappant.

(9) *Anathémonte*, ville de Macédoine, possédée depuis longtemps par les ancêtres de Philippe.

(10) *Nicée*, ville des Locriens. Phalecus, général des Phocéens, à la fin de la guerre sacrée, livra cette place à Philippe, qui la remit aux Thessaliens.

(11) Δεκαδαρχίαν est probablement une faute des copistes : c'est τετραρχίαν qu'il faut. La Thessalie était divisée en quatre cantons, dans chacun desquels Philippe établit un commandant ou *tétrarque*.

(12) Allusion à la fable du Cheval et du Cerf, dans Ésope.

(13) Démosthène ne buvait que de l'eau ; ses ennemis l'en plaisantaient. Philocrate employa même dans un discours public, ce début risible *Il n'est pas surprenant, Athéniens, que Démosthène et moi nous ne pensions pas de même ; il boit de l'eau, et moi je bois du vin.*

(14) Thespies et Platée, deux villes de Béotie, aussi ennemies des Thébains que dévouées aux Athéniens.

(15) Les Athéniens étaient maîtres de la Chersonèse de Thrace, par la cession que leur en avait faite Chersoblepte ; mais cette

3*

presqu'île était continuellement exposée aux incursions des
Thraces. L'unique moyen de les arrêter, était de percer l'isthme.
Le moindre petit trajet eût été pour eux une barrière insurmon-
table, parce qu'ils n'avaient point de vaisseaux. Philippe, par
ses députés, avait promis aux Athéniens de percer l'isthme à
ses dépens. Il n'exécuta pas sa promesse.

(16) Les Athéniens avaient inséré dans leur traité de paix,
les mots *paix perpétuelle*, *paix conclue avec eux et leurs descen-*
dants. Ce n'était qu'une formule, car cette perpétuité, pour l'ordinaire, se bornait à un petit nombre d'années. Mais Démosthène relève toutes les circonstances qui peuvent agraver le
crime des traitres, qu'il dénonce sans les citer nommément.

(17) C'est d'Eschine que Démosthène veut parler ici.

(18) La conquête des Thermopyles et de la Phocide ouvrit une
entrée bien commode à Philippe dans l'Attique et dans le Péloponnèse.

(19) Philippe s'était formé lui-même une marine qui n'était
cependant rien en comparaison de celle d'Athènes.

SOMMAIRE

DE LA TROISIÈME PHILIPPIQUE.

------◆◆◇◆◆------

Ce discours est de même date que le précédent. Diopithe était toujours dans la Chersonèse à la tête de son armée ; Philippe continuait ses conquêtes dans la Thrace ; il envoyait des troupes dans l'Eubée, et en asservissait les villes principales avec le secours des plus puissans citoyens, dont il s'était fait des créatures ; il se disposait à marcher contre Byzance ; il intriguait de tous côtés, et ne perdait point de vue son projet d'envahir la Grèce.

Démosthène monte à la tribune ; il fait aux Athéniens les plus vifs reproches sur leur négligence et leur délicatesse dans les assemblées ; négligence et délicatesse qui ont ruiné leurs affaires, qu'il est encore possible de rétablir. Il entreprend de leur prouver que Philippe, quoiqu'en paix avec eux, leur fait réellement la guerre, et les trompe par les apparences d'une paix simulée, comme il a déjà trompé plusieurs peuples ; il les anime contre un prince dont toutes les actions et toutes les démarches ne tendent qu'à leur perte. Il est surpris de la tranquille indifférence de tous les peuples de la Grèce : de ce que tous ils voient sans alarmes les mouvemens d'un monarque ambitieux, qui est mal intentionné contre tous, qui ne travaille qu'à les asservir. La cause de cette indifférence, il la trouve dans la facilité à souffrir, à écouter les citoyens qui se laissent corrompre et qui trahissent leur patrie, tandis qu'autrefois on punissait, avec la dernière rigueur, ceux qui étaient convaincus de la moindre corruption. Après avoir montré en passant la manière la plus efficace de combattre le roi de Macédoine, il expose fort au long les maux qu'ont occasionnés, dans toutes les villes, la perfidie des traîtres, et l'aveuglement des peuples qui les écoutaient. Il exhorte les Athéniens à craindre pour eux les mêmes maux et à les éviter, instruits par l'exemple des autres. Il les engage à faire eux-mêmes tout ce qui convient, et à solliciter tous les Grecs de se réunir contre l'ennemi commun. En finissant, il les excite, par des motifs d'honneur, à prendre en main la défense de la Grèce.

Cette philippique me paraît la plus belle de toutes ; celle où il y a le plus d'idées grandes et nobles, de mouvemens vifs et rapides ; celle dont le ton est le plus imposant et le mieux soutenu.

TROISIÈME PHILIPPIQUE.

Dans presque toutes vos assemblées, ô Athéniens! on vous met sous les yeux les attentats que Philippe ne cesse de commettre contre vous et les autres Grecs, au mépris de la paix et des traités; vous sentez par vous-mêmes, quoique vous n'en conveniez qu'avec peine, qu'il faudrait tous ensemble s'occuper des moyens d'arrêter et de punir l'insolence de ce monarque : cependant, au point où je vous vois réduits par vôtre négligence, je ne crains pas d'avancer, quoiqu'il m'en coûte de le dire, que, quand vous vous seriez entendus, vos orateurs et vous, eux pour vous donner les plus mauvais conseils, vous pour prendre les plus mauvais partis, il ne serait pas possible que vos affaires allassent plus mal. Le triste état où nous les voyons, vient, sans doute, de plus d'une cause; mais si l'on examine ces causes dans le détail, et si l'on en juge comme on doit, on trouvera que la principale est la conduite de certains de vos ministres qui cherchent plus à vous flatter qu'à vous servir. Parmi ces ministres, les uns se bornant au talent qui leur donne auprès de vous du crédit et de la considération, ne voient rien au-delà, et voudraient que vous n'eussiez pas vous-mêmes des vues plus étendues; les autres, toujours occupés à décrier et à citer en jugement ceux qui sont entrés dans les affaires, ne font que mettre les citoyens aux prises avec les citoyens, détourner votre attention du véritable objet, et par-là assurer à Philippe la liberté de dire et de faire tout ce qu'il voudra. Tel est l'abus qui règne parmi vous, et la vraie source de vos fautes et de vos malheurs.

Au nom des dieux, Athéniens, ne vous offensez pas de ma

ΛΟΓΟΣ ΤΡΙΤΟΣ.

Πολλῶν, ὦ ἄνδρες Ἀθηναῖοι, λόγων γιγνομένων,
ὀλίγου δεῖν, καθ᾽ ἑκάςην ἐκκλησίαν, περὶ ὧν Φίλιππος,
ἀφ᾽ οὖ τὴν εἰρήνην ἐποιήσατο, οὐ μόνον ὑμᾶς, ἀλλὰ καὶ
τοὺς ἄλλους Ἑλληνας ἀδικεῖ καὶ πάντων, εὖ οἶδ᾽ ὅτι,
φησάντων γ᾽ ἂν (εἰ καὶ μὴ ποιοῦσι τοῦτο), καὶ λέγειν
δεῖν καὶ πράττειν ἅπασι προσήκειν, ὅπως ἐκεῖνος παύσεται τῆς ὕβρεως καὶ δίκην δώσει· εἰς τοῦτο ὑπηγμένα
πάντα τὰ πράγματα καὶ προειμένα ὁρῶ, ὥςε δέδοικα
μὴ βλάσφημον μὲν εἰπεῖν, ἀληθὲς δὲ ᾖ, εἰ καὶ λέγειν
ἅπαντες ἐβούλοντο οἱ παριόντες, καὶ χειροτονεῖν ὑμεῖς,
ἐξ ὧν ὡς φαυλότατα ἔμελλε τὰ πράγμαϑ᾽ ἕξειν, οὐκ ἂν
ἡγοῦμαι δύνασθαι χεῖρον ἢ νῦν αὐτὰ διατεθῆναι. Πολλὰ
μὲν οὖν ἴσως ἐςι τὰ αἴτια τοῦ ταῦϑ᾽ οὕτως ἔχειν, καὶ οὐ
παρ᾽ ἓν οὐδὲ δύο, εἰς τοῦτο τὰ πράγματα ἀφῖκται· μάλιςα δὲ, ἄνπερ ἐξετάζητε ὀρθῶς, εὑρήσετε διὰ τοὺς
χαρίζεσθαι μᾶλλον ἢ τὰ βέλτιςα λέγειν προχιρουμένους·
ὧν τινες μὲν, ὦ ἄνδρες Ἀθηναῖοι, ἐν οἷς εὐδοκιμοῦσιν
αὐτοὶ καὶ δύνανται, ταῦτα φυλάττοντες, οὐδεμίαν
περὶ τῶν μελλόντων πρόνοιαν ἔχουσιν, οὔκουν οὐδ᾽
ὑμᾶς οἴονται δεῖν ἔχειν· ἕτεροι δὲ, τοὺς ἐπὶ τοῖς πράγμασιν ὄντας αἰτιώμενοι καὶ διαβάλλοντες, οὐδὲν ἄλλο
ποιοῦσιν, ἢ ὅπως ἡ μὲν πόλις αὐτὴ παρ᾽ αὑτῆς δίκην
λήψεται, καὶ περὶ τοῦτ᾽ ἔςαι, Φιλίππῳ δ᾽ ἐξέςαι καὶ
λέγειν καὶ πράττειν ὅ,τι βούλεται. Αἱ δὲ τοιαῦται πολι-
τεῖαι συνήθεις μέν εἰσιν ὑμῖν, αἴτιαι καὶ τῆς ταραχῆς
καὶ τῶν ἁμαρτημάτων.

Ἀξιῶ δ᾽ ὑμᾶς, ὦ ἄνδρες Ἀθηναῖοι, ἐάν τι τῶν ἀληθῶν

μετὰ παρρησίας λέγω, μηδεμίαν μοι διὰ τοῦτο παρ'
ὑμῶν ὀργὴν γενέσθαι. Σκοπεῖτε γὰρ ὡδί. Ὑμεῖς τὴν
παρρησίαν ἐπὶ μὲν τῶν ἄλλων οὕτω κοινὴν οἴεσθε δεῖν
εἶναι πᾶσι τοῖς ἐν τῇ πόλει, ὥςε καὶ τοῖς ξένοις
καὶ τοῖς δούλοις αὐτῆς μεταδεδώκατε (1)· καὶ πολλοὺς ἄν τις οἰκέτας ἴδοι παρ' ὑμῖν μετὰ πλείονος ἐξουσίας ὅ, τι βούλονται λέγοντας, ἢ πολίτας ἐν ἐνίαις
τῶν ἄλλων πόλεων· ἐκ δὲ τοῦ συμβουλεύειν, παντάπασιν
ἐξεληλάκατε. Εἶθ' ὑμῖν συμβέβηκεν ἐκ τούτου, ἐν μὲν
ταῖς ἐκκλησίαις, τρυφᾷν καὶ κολακεύεσθαι, πάντα πρὸς
ἡδονὴν ἀκούουσιν, ἐν δὲ τοῖς πράγμασι καὶ τοῖς γιγνομένοις, περὶ τῶν ἐσχάτων ἤδη κινδυνεύειν. Εἰ μὲν οὖν
καὶ νῦν οὕτω διάκεισθε, οὐκ ἔχω τί λέγω· εἰ δ' ἃ συμφέρει τοῖς πράγμασι χωρὶς κολακείας ἐθελήσητε ἀκούειν,
ἕτοιμος λέγειν· καὶ γὰρ εἰ πάνυ φαύλως τὰ πράγματα
ἔχει, ναὶ πολλὰ προεῖται, ὅμως ἐςιν, ἐὰν ὑμεῖς τὰ δέοντα
ποιεῖν βούλησθ', ἔτι πάντα ταῦτα ἐπανορθώσασθαι. Καὶ
παράδοξον μὲν ἴσως ἐςιν ὃ μέλλω λέγειν, ἀληθὲς δέ·
τὸ χείριςον ἐν τοῖς παρεληλυθόσι, τοῦτο πρὸς τὰ μέλλοντα βέλτιςον ὑπάρχει. Τί οὖν ἐςι τοῦτο; Ὅτι οὔτε
μικρὸν οὔτε μέγα οὐδὲν τῶν δεόντων ποιούντων ὑμῶν,
κακῶς τὰ πράγματα ἔχει· ἔπειτοι γε εἰ πάνθ' ἃ προσήκει πραττόντων ὑμῶν, οὕτω διέκειτο, οὐδ' ἂν ἐλπὶς ἦν
αὐτὰ γενέσθαι βελτίω. Νῦν δὲ τῆς μὲν ῥαθυμίας τῆς
ὑμετέρας καὶ τῆς ἀμελείας κεκράτηκε Φίλιππος, τῆς
πόλεως δ' οὐ κεκράτηκεν· οὐδ' ἥττησθε ὑμεῖς, ἀλλ'
οὐδὲ κεκίνησθε.

Εἰ μὲν οὖν ἅπαντες ὡμολογοῦμεν Φίλιππον τῇ πόλει
πολεμεῖν, καὶ τὴν εἰρήνην παραβαίνειν, οὐδὲν ἄλλο ἔδει
τὸν παριόντα λέγειν καὶ συμβουλεύειν, ἢ ὅπως ἀσφα-
λέςατα καὶ ῥᾷςα αὐτὸν ἀμυνούμεθα. Ἐπειδὴ δὲ οὕτως
ἀτόπως ἔνιοι διάκεινται, ὥςε πόλεις καταλαμβάνοντος

sincérité; mais plutôt faites cette réflexion : de tout temps Athènes fut le séjour de la liberté ; et pour cette raison vous avez voulu que l'étranger qui habite dans vos murs, et même vos esclaves, partageassent avec vous le privilége de parler librement. Aussi les esclaves chez vous s'expliquent-ils avec plus de hardiesse que les citoyens ne font ailleurs. C'est de vos délibérations seules que la liberté s'est vue bannie : et de là il arrive que dans vos assemblées, pleins d'une délicatesse superbe, vous voulez être flattés, n'écouter que ce qui vous fait plaisir ; et que, dans les affaires et les événemens qui surviennent, vous éprouvez les plus cruels embarras. Si donc vous êtes toujours dans les mêmes dispositions, je n'ai qu'à me taire ; mais si vous m'autorisez à vous parler sans feinte, je suis prêt à parler. Oui, malgré le triste état où vous a plongés votre indolence, vous êtes encore les maîtres d'y remédier : je le dirai même, au risque d'avancer une proposition étrange et invraisemblable ; ce qui a causé vos malheurs par le passé, doit principalement vous donner des espérances pour l'avenir. Comment cela ? c'est pour n'avoir rien fait de ce qu'il faut, que vos affaires vont aussi mal. Car si vous ne les aviez pas négligées, et qu'elles fussent toujours au même point, il n'y aurait plus d'espoir qu'elles pussent jamais aller mieux. Mais ce n'est que de votre mollesse et de votre inaction, non de vos forces, que Philippe a triomphé. Et comment l'aurait-il emporté sur vous ? vous ne vous êtes pas même mesurés avec lui.

Au reste, si nous convenions tous que ce prince enfreint la paix, et qu'il nous fait la guerre, un ministre n'aurait qu'à proposer les moyens les plus faciles et les plus sûrs de réprimer ses violences. Mais, puisque dans le temps même qu'il emporte des villes de force, qu'il retient nos possessions, qu'il opprime tous les Grecs, on voit ici des gens assez peu raisonnables pour écouter des orateurs qui répètent sans cesse qu'on travaille

parmi nous à rallumer la guerre; il est nécessaire, sans doute,
de prévenir l'erreur, et de réformer là-dessus vos idées : car il
est à craindre que celui qui vous aura conseillé de vous défendre, ne soit accusé un jour de vous avoir excités mal-à-propos
à prendre les armes.

Je considère donc, et j'examine avant tout, s'il nous est
libre de choisir entre la guerre et la paix. Est-il en notre pouvoir, sommes-nous libres de rester en paix? c'est par où je com-
mence. Je dis que nous devons y rester, et je demande que
l'auteur d'un pareil avis l'appuie d'un décret et d'effets solides,
sans nous flatter de vaines espérances. Mais si, les armes à la
main, suivi d'une puissante armée, le monarque nous amuse
du nom de paix, tandis qu'il nous fait réellement la guerre,
que nous reste-t-il, sinon de repousser ses attaques? Voulez-vous,
à son exemple, vous contenter de dire que vous êtes en paix?
J'y consens. Mais qu'à la faveur d'un mot, un homme s'avance
de proche en proche jusque sous nos murs, et qu'on soutienne
que ce n'est pas là nous faire la guerre, je dis que c'est manquer
de raison, et vouloir que nous soyons en paix avec Philippe,
et non Philippe avec nous.

Et voilà ce que le prince achète avec tout l'or qu'il distribue;
l'avantage de nous attaquer sans que nous entreprenions de
nous défendre. Attendre, pour nous mettre en garde, qu'il
nous ait fait l'aveu de ses mauvais desseins, ce serait le comble
de la folie. Non, il n'en conviendra jamais, marchât-il déjà
contre l'Attique et le Pirée, si l'on en juge par sa conduite à
l'égard des autres peuples. C'est lorsqu'il n'était plus qu'à quarante stades d'Olynthe, qu'il déclara aux habitans qu'il fallait
de deux choses l'une, qu'ils désertassent leur ville, ou qu'il
cessât d'être roi de Macédoine. Jusque-là, si on l'accusait de
méditer leur perte, il se fâchait, et cherchait par ses ambassadeurs à dissiper les mauvais bruits. Il s'acheminait pareillement

ἐκείνου καὶ πολλὰ τῶν ὑμετέρων ἔχοντος, καὶ πάντας
ἀνθρώπους ἀδικοῦντος, ἀνέχεσθαί τινων ἐν ταῖς ἐκκλησίαις λεγόντων πολλάκις, ὡς ἡμῶν τινές εἰσιν οἱ ποιοῦν-
τες τὸν πόλεμον, ἀνάγκη φυλάττεσθαι καὶ διορθοῦσθαι
περὶ τούτου. Ἔςι γὰρ δέος μὴ ποθ' ὡς ἀμυνούμεθα
γράψας τις καὶ συμβουλεύσας, εἰς τὴν αἰτίαν ἐμπέσῃ
τοῦ πεποιηκέναι τὸν πόλεμον.

Ἐγὼ δὴ, τοῦτο πρῶτον ἁπάντων λέγω καὶ διορί-
ζομαι, εἰ ἐφ' ἡμῖν ἐςιν τὸ βουλεύεσθαι περὶ τοῦ, πό-
τερον εἰρήνην ἄγειν ἢ πολεμεῖν δεῖ; Εἰ μὲν οὖν ἔξεςιν
εἰρήνην ἄγειν τῇ πόλει, καὶ ἐφ' ἡμῖν ἐςι τοῦτο (ἵν'
ἐντεῦθεν ἄρξωμαι), φημὶ ἔγωγε ἄγειν ἡμᾶς δεῖν, καὶ
τὸν ταῦτα λέγοντα γράφειν, καὶ πράττειν, καὶ μὴ
φεναχίζειν ἀξιῶ. Εἰ δ' ἕτερος τὰ ὅπλα ἐν ταῖς χερσὶν
ἔχων, καὶ δύναμιν πολλὴν περὶ αὐτὸν, τοὔνομα μὲν τὸ
τῆς εἰρήνης ἡμῖν προβάλλεται, τοῖς δ' ἔργοις αὐτὸς τοῖς
τοῦ πολέμου χρῆται, τί λοιπὸν ἄλλο πλὴν ἀμύνεσθαι;
Φάσκειν δὲ εἰρήνην ἄγειν, εἰ βούλεσθε, ὥσπερ ἐκεῖνος, οὐ
διαφέρομαι· εἰ δέ τις ταύτην εἰρήνην ὑπολαμβάνει, ἐξ
ἧς ἐκεῖνος πάντα τὰ ἄλλα λαβὼν, ἐφ' ἡμᾶς ἥξει, πρῶτον
μὲν μαίνεται, ἔπειτα δ' ἐκείνῳ παρ' ὑμῶν, οὐχ ὑμῖν παρ'
ἐκείνου τὴν εἰρήνην ἄγειν λέγει.

Τοῦτο δ' ἐςὶν ὃ τῶν ἀναλισκομένων χρημάτων
ἁπάντων Φίλιππος ὠνεῖται, αὐτὸς μὲν πολεμεῖν ὑμῖν,
ὑφ' ὑμῶν δὲ μὴ πολεμεῖσθαι. Καὶ μὴν εἰ μέχρι τούτου
περιμενοῦμεν, ἕως ἂν ἡμῖν ὁμολογήσῃ πολεμεῖν, πάντων
ἐσμὲν εὐηθέστατοι. Οὐδὲ γὰρ, ἂν ἐπὶ τὴν Ἀττικὴν αὐτὴν
βαδίζῃ καὶ τὸν Πειραιᾶ, τοῦτ' ἐρεῖ, εἴπερ οἷς πρὸς τοὺς
ἄλλους πεποίηκε, δεῖ τεκμαίρεσθαι. Τοῦτο μὲν γὰρ
Ὀλυνθίοις, τετταράκοντ' ἀπέχων τῆς πόλεως στάδια,
εἶπεν, ὅτι δεῖ δυοῖν θάτερον, ἢ ἐκείνους ἐν Ὀλύνθῳ
μὴ οἰκεῖν, ἢ αὐτὸν ἐν Μακεδονίᾳ, πάντα τὸν ἄλλον

χρόνον, εἴ τις αὐτὸν αἰτιάσαιτό τι τοιοῦτον, ἀγανακτῶν
καὶ πρέσβεις πέμπων τοὺς ἀπολογησομένους. Τοῦτο δ'
εἰς Φωκέας, ὡς πρὸς συμμάχους ἐπορεύετο καὶ φίλους,
καὶ πρέσβεις Φωκέων ἦσαν οἳ παρηκολούθουν αὐτῷ
πορευομένῳ, καὶ παρ' ἡμῖν ἤριζον πολλοὶ Θηβαίοις οὐ
λυσιτελήσειν τὴν ἐκείνου πάροδον. Καὶ μὴν καὶ Φερὰς
πρώην, ὡς φίλος καὶ σύμμαχος εἰς Θετταλίαν ἐλθὼν,
ἔχει καταλαβών. Καὶ τὰ τελευταῖα τοῖς ταλαιπώροις Ὠρεί-
ταις τουτοισί, ἐπισκεψομένους ἔφη τοὺς ϛρατιώτας
πεπομφέναι κατ' εὔνοιαν· πυνθάνεσθαι γὰρ αὐτοὺς ὡς
νοσοῦσι καὶ στασιάζουσιν ἐν αὐτοῖς. Συμμάχων δ' εἶναι
καὶ φίλων ἀληθινῶν, ἐν τοῖς τοιούτοις καιροῖς παρεῖναι.

Εἶθ' οἴεσθε, οἱ μὲν οὐδὲν ἂν αὐτὸν ἐδυνήθησαν ποιῆσαι κακὸν, μὴ παθεῖν δ' ἐφυλάξαντ' ἂν ἴσως, τούτους
μὲν ἐξαπατᾶν αἱρεῖσθαι μᾶλλον ἢ προλέγοντα βιάζεσθαι,
ὑμῖν δ' ἐκ προρρήσεως πολεμήσειν; καὶ ταῦθ' ἕως ἂν
ἑκόντες ἐξαπατᾶσθε; οὐκ ἔϛι ταῦτα. Καὶ γὰρ ἂν ἀβελ-
τερώτατος εἴη πάντων ἀνθρώπων, εἰ τῶν ἀδικουμένων
ὑμῶν μηδὲν ἐγκαλούντων αὐτῷ, ἀλλ' ὑμῶν αὐτῶν τινὰς
αἰτιωμένων καὶ κρίνειν βουλομένων, ἐκεῖνος ἐκλύσας
τὴν πρὸς ἀλλήλους ἔριν ὑμῶν καὶ φιλονεικίαν, ἐφ' αὑτὸν
προείποι τρέπεσθαι, καὶ τῶν παρ' ἑαυτοῦ μισθοφορούν-
των τοὺς λόγους ἀφέλοιτο, οἷς ἀναβάλλουσιν ὑμᾶς,
λέγοντες ὡς ἐκεῖνός γε οὐ πολεμεῖ τῇ πόλει. Ἀλλ' ἔϛιν,
ὦ πρὸς τοῦ Διὸς, ὅϛις εὖ φρονῶν, ἐκ τῶν ὀνομάτων
μᾶλλον ἢ τῶν πραγμάτων, τὸν ἄγοντ' εἰρήνην ἢ πολε-
μοῦνθ' ἑαυτῷ σκέψαιτ' ἄν; Οὐδεὶς δήπου.

Ὁ τοίνυν Φίλιππος ἐξ ἀρχῆς, ἄρτι τῆς εἰρήνης γεγονυίας, οὔπω Διοπείθους στρατηγοῦντος, οὐδὲ τῶν ἐν
Χερρονήσῳ νῦν ὄντων ἀπεϛαλμένων, Σέρριον καὶ Δορίσκον κατελάμβανε, καὶ τοὺς ἐκ Σερρίου τείχους καὶ

vers les Phocéens comme vers des alliés et des amis : leurs propres députés marchaient même à sa suite ; et plusieurs parmi
nous soutenaient que ce voyage pourrait devenir funeste aux
Thébains. Dernièrement encore, il s'est emparé de la ville de
Phères, quoiqu'il fût entré en Thessalie comme ami et comme
allié. Il disait enfin aux malheureux Oritains, que c'était par
un effet de sa bienveillance qu'il leur envoyait des troupes ;
qu'ayant appris les dissentions qui déchiraient leur ville, il
voulait y rétablir la tranquillité ; qu'il était d'un digne ami et
d'un allié fidèle de ne pas les abandonner en pareille occasion.

Et vous penserez encore que Philippe a mieux aimé employer
l'artifice que la force avec des peuples qui, ne pouvant former
contre lui d'entreprises, auraient pu se précautionner contre les
siennes ; mais que pour vous il ne vous fera la guerre qu'après
une déclaration dans les formes ! vous penserez, dis-je, qu'il
ne cherchera pas à vous tromper, lorsqu'il vous voit si disposés
à l'être ! vous êtes dans l'erreur. Eh ! sans doute, il serait le plus
insensé des hommes, si, tandis que, fermant les yeux sur ses
injustices, vous êtes occupés à vous accuser les uns les autres,
il allait lui-même terminer vos débats et vos querelles, vous
avertir de vous tourner contre lui ; enfin, ôter à ses créatures,
qui voudraient vous persuader qu'on ne vous fait point la
guerre, les raisons fausses par lesquelles ils vous endorment.
Mais, grands dieux ! est-il un homme raisonnable qui juge par
les paroles, plutôt que par les actions, si on est en guerre ou
en paix avec lui ? non, assurément.

Or, Philippe, aussitôt après la paix conclue, avant que
Diopithe fût à la tête de vos troupes, avant le départ de votre
colonie dans la Chersonèse, s'est emparé de Serrie et de Dorisque ; il a chassé de Serrie et du Mont-Sacré les garnisons qu'y
avait mises notre général : et dans quelle circonstance ? il avait

juré la paix. Qu'on ne dise point : Pourquoi parler de ce
places? doit-on s'embarrasser d'objets aussi minces? Si vous er
jugez de la sorte, si vous ne vous en embarrassez pas, c'es
autre chose : il n'est pas moins vrai que les plus légères infrac
tions d'un traité, sont toujours des infractions. Mais, je vou
prie, lorsqu'il envoie des troupes dans la Chersonèse ; que n
le roi de Perse, ni aucun des Grecs ne nous disputèrent jamais
lorsqu'il y soutient des rebelles, qu'il en convient, qu'il nous l
mande dans une lettre; que fait-il? il prétend, lui, qu'il n
nous fait pas la guerre : je suis, moi, si éloigné de dire qu'i
observe la paix avec vous, que je prétends, quand je le voi
entreprendre sur Mégares, établir des tyrans dans l'Eubée,
pénétrer actuellement dans la Thrace, former de sourdes pra
tiques dans le Péloponnèse, exécuter tous ses projets les armes i
la main, je prétends qu'il enfreint la paix, et qu'il vous fait l
guerre. Direz-vous qu'on est en paix avec une ville dont on mé
dite le siége, jusqu'à ce que les machines soient au pied der
murs? non sans doute; et un homme qui dispose tout pour ma
perte, me fait une guerre réelle, quoiqu'il ne lance encore sur
moi ni flèches ni javelots. Que risquez-vous donc, si Philippe
réussit? vous risquez de perdre l'Hellespont, de voir le prince,
continuant ses hostilités, se rendre maître de l'Eubée et de Mégares, de voir tout le Péloponnèse embrasser ses intérêts. Et
après cela, je dirai qu'un homme qui dresse de telles batteries
contre Athènes, est en paix avec elle! non ; mais je dis qu'il
vous a fait la guerre du jour où il ruina les Phocéens ; que vous
agirez sagement, si vous repoussez ses attaques, et que, si vous
différez encore, vous ne le pourrez plus quand vous le voudrez.

ἱεροῦ ὄρους ςρατιώτας ἐξέβαλλεν οὓς ὁ ἡμέτερος ςρατηγὸς
ἐγκατέςησε. Καίτοι ταῦτα πράττων, τί ἐποίει; Εἰρήνην
μὲν γὰρ ὠμωμόκει. Καὶ μηδεὶς εἴπῃ· Τί δὲ ταῦτ᾽ ἐςιν, ἢ τί
τούτων μέλει τῇ πόλει; Εἰ μὲν γὰρ μικρὰ ταῦτά ἐςιν, ἢ
μηδὲν ὑμῖν αὐτῶν ἔμελεν, ἄλλος ἂν εἴη λόγος οὗτος·
τὸ δ᾽ εὐσεβὲς καὶ τὸ δίκαιον, ἄν τ᾽ ἐπὶ μικροῦ τις, ἄν τ᾽
ἐπὶ μείζονος παραβαίνῃ τὴν αὐτὴν ἔχει δύναμιν. Φέρε
δὴ νῦν, ἡνίκ᾽ εἰς Χεῤῥόνησον (2), ἣν βασιλεὺς καὶ
πάντες οἱ Ἕλληνες ὑμετέραν ἐγνώκασιν εἶναι, ξένους
εἰσπέμπει, καὶ βοηθεῖν ὁμολογεῖ, καὶ ἐπιςέλλει ταῦτα,
τί ποιεῖ; Φησὶ μὲν γὰρ οὐ πολεμεῖν ὑμῖν· ἐγὼ δὲ τοσού-
του δέω ταῦτα ποιοῦντα ἐκεῖνον ὁμολογεῖν ἄγειν τὴν
πρὸς ὑμᾶς εἰρήνην, ὥστε καὶ Μεγάρων ἁπτόμενον, καὶ
ἐν Εὐβοίᾳ τυραννίδα κατασκευάζοντα, καὶ νῦν ἐπὶ Θρᾴκην παριόντα, καὶ τὰ ἐν Πελοποννήσῳ σκευωρούμενον,
καὶ πάνθ᾽ ὅσα πράττει μετὰ τῆς δυνάμεως ποιοῦντα,
λύειν φημὶ τὴν εἰρήνην, καὶ πολεμεῖν ὑμῖν· εἰ μὴ καὶ
τοὺς τὰ μηχανήματα ἐφιςάντας εἰρήνην ἄγειν φήσετε,
ἕως ἂν αὐτὰ τοῖς τείχεσιν ἤδη προσαγάγωσιν. Ἀλλ᾽ οὐ
φήσετε. Ὁ γὰρ, οἷς ἂν ἐγὼ ληφθείην, ταῦτα πράττων
καὶ κατασκευαζόμενος, οὗτος ἐμοὶ πολεμεῖ, κἂν μήπω
βάλλῃ μηδὲ τοξεύῃ. Τίσιν οὖν ὑμεῖς κινδυνεύσαιτ᾽ ἄν,
εἴ τι γένοιτο; τῷ τὸν Ἑλλήσποντον ὑμῶν ἀλλοτριωθῆναι·
τῷ Μεγάρων καὶ τῆς Εὐβοίας τὸν πολεμοῦνθ᾽ ὑμῖν
γενέσθαι κύριον· τῷ Πελοποννησίους τἀκείνου φρονῆσαι.
Εἶτα τὸν τοῦτο τὸ μηχάνημα ἐπὶ τὴν πόλιν ἐφιςάντα
καὶ κατασκευάζοντα, τοῦτον εἰρήνην ἄγειν ἐγὼ φῶ πρὸς
ὑμᾶς; πολλοῦ γε καὶ δέω. Ἀλλ᾽ ἀφ᾽ ἧς ἡμέρας ἀνεῖλε
Φωκέας, ἀπὸ ταύτης ἔγωγ᾽ αὐτὸν πολεμεῖν ὑμῖν ὁρίζο-
μαι. Ὑμᾶς δὲ, ἐὰν μὲν ἀμύνητε ἤδη, σωφρονήσειν φημί.
Ἐὰν δὲ ἀναβάλλησθε, οὐδὲ τοῦτο ὅταν βούλησθε, δυνήσεσθαι ποιῆσαι.

Καὶ τοσοῦτόν γε ἀφέστηκα τῶν ἄλλων, ὦ ἄνδρες Ἀθηναῖοι, τῶν συμβουλευόντων, ὥστε οὐδὲ δοκεῖ μοι περὶ Χεῤῥονήσου νῦν σκοπεῖν, οὐδὲ Βυζαντίου, ἀλλ' ἐπαμῦναι μὲν τούτοις, καὶ διατηρῆσαι μή τι πάθωσι, καὶ τοῖς οὖσιν ἐκεῖ νῦν ϛρατιώταις πάνθ' ὅσων ἂν δέωνται ἀποϛεῖλαι, βουλεύεσθαι μέντοι περὶ πάντων τῶν Ἑλλήνων, ὡς ἐν κινδύνῳ μεγίστῳ καθεστηκότων. Βούλομαι δ' εἰπεῖν πρὸς ὑμᾶς ἐξ ὧν ὑπὲρ τῶν πραγμάτων οὕτω φοβοῦμαι· ἵν', εἰ μὲν ὀρθῶς λογίζομαι, μετάσχητε τῶν λογισμῶν, καὶ πρόνοιάν τιν' ὑμῶν γε αὐτῶν, εἰ καὶ μὴ τῶν ἄλλων ἄρα βούλεσθε, ποιήσησθε· ἂν δὲ ληρεῖν καὶ τετυφῶσθαι δοκῶ, μήτε νῦν, μήτ' αὖθις, ὡς ὑγιαίνοντί μοι προσέχητε.

Ὅτι μὲν δὴ μέγας ἐκ μικροῦ καὶ ταπεινοῦ τὸ καταρχὰς ὁ Φίλιππος ηὔξηται, καὶ ἀπίϛως καὶ ϛασιαϛικῶς ἔχουσι πρὸς αὐτοὺς οἱ Ἕλληνες, καὶ ὅτι πολλῷ παραδοξότερον ἦν τοσοῦτον αὐτὸν ἐξ ἐκείνου γενέσθαι, ἢ νῦν, ὅθ' οὕτω πολλὰ προείληφε, καὶ τὰ λοιπὰ ὑφ' αὑτῷ ποιήσασθαι, καὶ πάνθ' ὅσα τοιαῦτ' ἂν ἔχοιμι διεξελθεῖν, παραλείψω· ἀλλ' ὁρῶ συγκεχωρηκότας ἅπαντας ἀνθρώπους, ἀφ' ὑμῶν ἀρξαμένους, αὐτῷ, ὑπὲρ οὗ τὸν ἄλλον ἅπαντα χρόνον ἅπαντες οἱ πόλεμοι γεγόνασιν οἱ Ἑλληνικοί. Τί οὖν ἐϛι τοῦτο; τὸ ποιεῖν ὅ, τι βούλεται, καὶ καθ' ἕνα ἕκαϛον οὑτωσὶ περικόπτειν καὶ λωποδυτεῖν τῶν Ἑλλήνων, καὶ καταδουλοῦσθαι τὰς πόλεις ἐπιόντα· καίτοι προϛάται μὲν ὑμεῖς ἑβδομήκοντα ἔτη καὶ τρία τῶν Ἑλλήνων ἐγένεσθε (3)· προϛάται δὲ, τριάκοντα ἑνὸς δέοντα, Λακεδαιμόνιοι (4)· ἴσχυσαν δέ τι καὶ Θηβαῖοι τοὺς τελευταίους τουτουσὶ χρόνους μετὰ τὴν ἐν Λεύκτροις μάχην (5)· ἀλλ' ὅμως οὔθ' ὑμῖν οὔτε Θηβαίοις οὔτε Λακεδαιμονίοις οὐδεπώποτε, ὦ ἄνδρες Ἀθηναῖοι, συνεχωρήθη τοῦτο ὑπὸ τῶν Ἑλλήνων, τὸ

Je pense si différemment des autres orateurs, qu'il me semble que, sans perdre le temps à délibérer sur la Chersonèse et sur Byzance, on doit voler à leur secours, les mettre à l'abri de toute insulte; pourvoir à ce que nos troupes, qui sont maintenant sur les lieux, ne manquent de rien; enfin, prendre des mesures pour sauver la Grèce, comme étant menacée du plus grand péril. Je vais vous dire d'où naissent mes frayeurs; si vous trouvez que je raisonne juste, entrez dans mes raisons, et que vos propres intérêts vous fassent agir, supposé que ceux d'autrui ne vous touchent pas; si, au contraire, mes conjectures vous paraissent fausses, et ne partir que d'une imagination troublée; ne m'écoutez ni à présent, ni par la suite, comme un homme dont la tête est saine.

Je ne dirai pas que la puissance de Philippe originairement si faible et si resserrée, a toujours été en se fortifiant et s'agrandissant; qu'aujourd'hui les Grecs sont livrés à la défiance et à la discorde, et qu'après toutes les conquêtes qu'il a déjà faites, il y aurait moins à s'étonner qu'il subjuguât le reste de la Grèce, que de voir ce qu'il est devenu de ce qu'il était d'abord. Je laisse cette réflexion et d'autres semblables, pour m'attacher à ce point unique. Tous les Grecs, en commençant par vous, ont accordé à Philippe un droit qui, de tout temps, fut la source de toutes nos guerres; et ce droit quel est-il? de faire tout ce qu'il lui plaît, de ruiner les peuples les uns après les autres, d'envahir leurs possessions, de forcer les villes et de les asservir. Vous, Athéniens, vous fûtes les arbitres de la Grèce pendant soixante et treize années; les Lacédémoniens le furent pendant près de trente; les Thébains ont eu quelque supériorité dans ces derniers temps, après la bataille de Leuctres : cependant on ne vous accorda jamais, ni à vous, ni aux Thébains, ni aux Lacédémoniens, le droit de faire tout ce qu'il vous plairait. Non, il s'en faut beaucoup. Mais tous les Grecs, ceux mêmes qui n'avaient pas à se plaindre d'Athènes, se liguèrent avec ceux qui se croyaient offensés, pour vous attaquer, vous, ou plutôt vos pères, qui semblaient traiter certaines villes avec peu de modération. Lorsqu'ensuite les Lacédémoniens furent devenus les maîtres, et possesseurs du commandement dont ils nous avaient dépouillés, ils éprouvèrent un soulèvement général de la part des Grecs, de ceux mêmes à qui ils n'avaient fait aucun mal, parce qu'abusant de leur pouvoir, ils voulaient innover, et changer la constitution des républiques. Ne citons plus qu'un exemple, qui seul pourrait suffire. Athènes et Lacédémone, qui, dans le principe, n'avaient aucun sujet de plainte réciproque, ont cru devoir prendre les armes pour venger les torts faits à d'autres sous leurs yeux. Toutes les fautes cependant qu'on pourrait reprocher aux Lacédémoniens, pendant trente années qu'ils ont commandé, ou à nos pères pendant soixante et dix, sont peu de chose, ou plutôt ne sont rien, comparées aux attentats de Philippe contre la Grèce, depuis treize ans au plus qu'a commencé son élévation. Et c'est ce que je puis prouver en peu de mots,

Je ne parle point d'Olynthe, de Méthone, d'Apollonie, de trente-deux villes dans la Thrace, qu'il a toutes si cruellement détruites, qu'on ne pourrait dire, en les voyant, si jamais elles furent habitées ; je ne parle point des Phocéens, cette nation puissante qu'il a totalement ruinée : dans quel état sont les Thessaliens ? n'a-t-il pas démantelé leurs places, et changé la forme de leur gouvernement ? n'a-t-il pas soumis tout le pays à des Tétrarques, afin d'asservir non quelque canton en particulier, mais la nation entière ? L'Eubée, cette île voisine de Thèbes et d'Athènes, ne l'a-t-il pas livrée à des tyrans ? Quel orgueil dans ses lettres ? « Je ne suis en paix qu'avec ceux qui veulent m'obéir », écrit-il en termes formels. Et l'on ne peut dire qu'il écrit sans effectuer. Il marche vers l'Hellespont ; il était déjà tombé sur Ambracie ; il est maître d'Élide, ville si importante

ποιεῖν ὅ, τι βούλεσθε, οὐδὲ πολλοῦ δεῖ. Ἀλλὰ τοῦτο
μὲν ὑμῖν, μᾶλλον δὲ τοῖς τότ' οὖσιν Ἀθηναίοις, ἐπειδή
τισιν οὐ μετρίως ἐδόκουν προσφέρεσθαι, πάντες ᾤοντο
δεῖν πολεμεῖν, καὶ οἱ μηδὲν ἐγκαλεῖν ἔχοντες αὐτοῖς,
μετὰ τῶν ἠδικημένων. Καὶ πάλιν Λακεδαιμονίοις ἄρξασι
καὶ παρελθοῦσιν εἰς τὴν δυναςείαν τὴν αὐτὴν ταύτην
ὑμῖν, ἐπειδὴ πλεονάζειν ἐπεχείρουν, καὶ πέρα τοῦ με-
τρίου τὰ καθεςηκότα ἐκίνουν, πάντες εἰς πόλεμον κατ-
έςησαν, καὶ οἱ μηδὲν ἐγκαλοῦντες αὐτοῖς. Καὶ τί δεῖ
τοὺς ἄλλους λέγειν; ἀλλ' ἡμεῖς αὐτοὶ καὶ Λακεδαιμόνιοι, οὐδὲν ἂν εἰπεῖν ἔχοντες ἐξ ἀρχῆς, ὅτι ἠδικούμεθ'
ὑπ' ἀλλήλων, ὅμως ὑπὲρ ὧν τοὺς ἄλλους ἀδικουμένους
ἑωρῶμεν, πολεμεῖν ᾠήθημεν δεῖν. Καίτοι πάνθ' ὅσα
ἐξημάρτηται καὶ Λακεμονίοις ἐν τοῖς τριάκοντ' ἐκείνοις
ἔτεσι, καὶ τοῖς ἡμετέροις προγόνοις ἐν τοῖς ἑβδομήκοντα,
ἐλάττον', ὦ ἄνδρες Ἀθηναῖοι, ὧν Φίλιππος ἐν τρισὶ καὶ
δέκα οὐχ ὅλοις ἔτεσιν, οἷς ἐπιπολάζει, ἠδίκηκε τοὺς
Ἕλληνας· μᾶλλον δὲ οὐδὲ πολλοςὸν πέμπτον μέρος
τούτων ἐκεῖνα (6)· καὶ τοῦτο ἐκ βραχέων ῥημάτων ῥάδιον δεῖξαι.

Ὄλυνθον μὲν δὴ, καὶ Μεθώνην, καὶ Ἀπολλωνίαν, καὶ
δύο καὶ τριάκοντα πόλεις ἐπὶ Θράκης ἐῶ, ἃς ἁπάσας
οὕτως ὠμῶς ἀνήρηκεν, ὥςε μηδένα μηδ' εἰ πώποτ'
ᾠκήθησαν, εἶναι ῥάδιον προσελθόντα εἰπεῖν· καὶ τὸ Φωκέων ἔθνος τοσοῦτον ἀνῃρημένον σιωπῶ. Ἀλλὰ Θετταλία
πῶς ἔχει; οὐχὶ τὰς πόλεις καὶ τὰς πολιτείας αὐτῶν
παρῄρηται, καὶ τετραδαρχίας (7) κατέςησε παρ' αὐτοῖς,
ἵνα μὴ μόνον κατὰ πόλεις, ἀλλὰ καὶ κατὰ ἔθνη δου-
λεύωσιν; Αἱ δ' ἐν Εὐβοίᾳ πόλεις οὐκ ἤδη τυραννοῦνται,
καὶ ταῦτα ἐν νήσῳ πλησίον Θηβῶν καὶ Ἀθηνῶν; Οὐ
διαρρήδην ἐν ταῖς ἐπιςολαῖς γράφει, Ἐμοὶ δ' ἐςὶν εἰρήνη
πρὸς τοὺς ἀκούειν ἐμοῦ βουλομένους; Καὶ σὺ γράφει

4

μὲν ταῦτα, τοῖς ἔργοις δὲ οὐ ποιεῖ· ἀλλ' ἐφ' Ἑλλήσποντον οἴχεται· πρότερον ἧκεν ἐπ' Ἀμβρακίαν (8)· Ἧλιν (9)
ἔχει, τηλικαύτην πόλιν ἐν Πελοποννήσῳ· Μεγάροις ἐπε-
βούλευσε πρώην· οὔθ' ἡ Ἑλλὰς, οὔθ' ἡ βάρβαρος τὴν πλεονεξίαν χωρεῖ τἀνθρώπου. Καὶ ταῦθ' ὁρῶντες οἱ Ἕλληνες
ἅπαντες καὶ ἀκούοντες, οὐ πέμπομεν πρέσβεις περὶ
τούτων πρὸς ἀλλήλους καὶ ἀγανακτοῦμεν· οὕτω δὲ κακῶς
διακείμεθα καὶ διορωρύγμεθα κατὰ πόλεις, ὥς' ἄχρι
τῆς τήμερον ἡμέρας οὐδὲν οὔτε τῶν συμφερόντων,
οὔτε τῶν δεόντων πρᾶξαι δυνάμεθα, οὐδὲ συςῆναι,
οὐδὲ κοινωνίαν βοηθείας καὶ φιλίας οὐδεμίαν ποιήσασθαι·
ἀλλὰ μείζω γιγνόμενον τὸν ἄνθρωπον περιορῶμεν, τὸν
χρόνον κερδᾶναι τοῦτον, ὃν ἄλλος ἀπόλλυται, ἕκαςος
ἐγνωκὼς, ὥς γέ μοι δοκεῖ, οὐχ ὅπως σωθήσεται τὰ τῶν
Ἑλλήνων σκοπῶν οὐδὲ πράττων. Ἐπεὶ ὅτι γε ὥσπερ
περίοδος ἢ καταβολὴ πυρετοῦ, ἤ τινος ἄλλου κακοῦ, καὶ
τῷ πάνυ πόρρω δοκοῦντι νῦν ἀφεςάναι προσέρχεται,
οὐδεὶς ἀγνοεῖ δήπου.

Καὶ μὴν κἀκεῖνό γε ἴςε, ὅτι ὅσα μὲν ὑπὸ Λακεδαιμονίων ἢ ὑφ' ἡμῶν ἔπασχον οἱ Ἕλληνες, ἀλλ' οὖν ὑπὸ
γνησίων γε ὄντων τῆς Ἑλλάδος ἠδικοῦντο· καὶ τὸν αὐτὸν
τρόπον ἄν τις ὑπέλαβε τοῦτο, ὥσπερ ἂν εἴ τις υἱός, ἐν
οὐσίᾳ πολλῇ γεγονὼς γνήσιος, διῴκει τί μὴ καλῶς μηδ'
ὀρθῶς· κατ' αὐτὸ μὲν τοῦτο, ἄξιος μέμψεως εἶναι καὶ
κατηγορίας, ὡς δ' οὐ προσήκων, ἢ ὡς οὐ κληρονόμος
τούτων, ὧν ταῦτα ἐποίει, οὐκ ἔνην ἂν λέγειν. Εἰ δέ γε
δοῦλος, ἢ ὑποβολιμαῖος, τὰ μὴ προσήκοντα ἀπώλλυε
καὶ ἐλυμαίνετο, Ἡράκλεις, ὅσῳ μᾶλλον δεινὸν καὶ
πολλῆς ὀργῆς ἄξιον πάντες ἂν ἔφασαν εἶναι; Ἀλλ' οὐχ
ὑπὲρ Φιλίππου καὶ ὧν ἐκεῖνος πράττει, νῦν οὕτως
ἔχουσιν, οὐ μόνον οὐχ Ἕλληνος ὄντος, οὐδὲ προσήκοντος οὐδὲν τοῖς Ἕλλησιν, ἀλλ' οὐδὲ βαρβάρου ἐντεῦθεν

dans le Péloponèse ; il cherchait dernièrement à surprendre Mégares. En un mot, la Grèce, les pays barbares, rien ne peut
assouvir sa cupidité. Tous tant que nous sommes de Grecs,
nous le savons, nous le voyons, et, au lieu d'en être indignés,
au lieu de nous envoyer des députés les uns aux autres, une lâche indifférence nous enchaîne dans nos villes, et nous a empê-
chés jusqu'à ce jour de rien faire pour l'intérêt général. Non,
nous n'avons encore pu former de ligue, et nous réunir contre
l'ennemi commun ; mais nous le laissons imprudemment s'a-
grandir de toutes parts, nous imaginant, ce semble, que le
temps mis à la destruction d'un autre, est un temps gagné pour
nous ; incapables de rien décider, de rien exécuter pour le salut
de toute la Grèce. Personne cependant n'ignore que Philippe,
semblable à une fièvre contagieuse ou à une maladie épidémi-
que atteint celui-là même qui paraît le plus éloigné du péril.

Vous le savez aussi ; tout ce que les Grecs eurent quelquefois
à souffrir de nous ou des Lacédémoniens, au moins le souffraient-
ils de la part de vrais enfans de la Grèce ; et nos fautes pourraient être comparées à celles d'un enfant légitime, né dans une
famille riche, dont les dissipations, toutes blâmables qu'elles
pourraient être, ne lui ôteraient pas ses droits aux biens dont il
abuse. Mais si un vil esclave, si un enfant supposé, pillait et
dissipait une fortune qui ne lui appartînt pas, combien plus
grands dieux ! trouverions-nous une telle conduite affreuse et
révoltante ! Et nous penserions autrement des entreprises de
Philippe ! de Philippe, qui loin d'être Grec, loin de tenir aux
Grecs par aucun endroit, ne jouit pas même parmi les Barbares

d'une origine illustre, n'est qu'un misérable Macédonien, sorti d'un lieu d'où il ne vint jamais un bon esclave. A quelle insolence, toutefois, ne se porte-t-il pas? Sans parler des villes grecques qu'il a ruinées de fond en comble, ne préside-t-il pas aux jeux pythiques, ces jeux communs de la nation? S'il n'y vient pas lui-même, ne délègue-t-il pas ses esclaves pour y présider? Maître des Thermopyles et des autres passages de la Grèce, ne fait-il pas garder ces postes par des soldats mercénaires? Ne s'est-il pas arrogé les priviléges sacrés dont il a dépouillé les Phocéens, priviléges auxquels tous les Grecs n'avaient point droit de prétendre, et dont il nous a frustrés, nous, les Thessaliens, les Doriens, et les autres Amphictyons? Ne prescrit-il pas aux Thessaliens la forme de leur gouvernement? N'envoie-t-il pas des troupes, et à Porthmos pour en chasser le peuple d'Erétrie, et à Orée pour y établir le tyran Philistide? Spectateurs oisifs, les Grecs le regardent agir; et comme des gens qui voient tomber la grêle, chacun fait des vœux pour qu'il ne vienne point fondre sur son pays, sans que personne entreprenne de l'arrêter dans sa course. On ne songe pas à venger les injures communes, on ne venge pas même les siennes propres; et c'est-là le comble de l'insensibilité. Philippe n'est-il pas tombé sur Ambracie et sur Leucade, ville des Corinthiens? Celle de Naupacte, ne l'a-t-il pas enlevée aux Achéens et promise aux Etoliens? N'a-t-il pas pris Echine aux Thébains? Et à présent ne marche-t-il pas contre Byzance, qui est notre alliée? Je supprime le reste. N'est-il pas encore maître de Cardie, une des plus fortes places de la Chersonèse? Tous pareillement outragés, nous temporisons, nous nous regardons, nous craignons d'agir, nous nous défions les uns des autres, tandis que Philippe nous attaque tous également. Mais si cet homme traite avec tant de hauteur la Grèce entière, que sera-ce quand il nous aura asservis chacun en particulier?

ὅθεν καλὸν εἰπεῖν· ἀλλ᾽ ὀλέθρου Μακεδόνος, ὅθεν οὐδ᾽
ἀνδράποδον σπουδαῖον οὐδὲν ἦν πρότερον πρίασθαι (10).
Καίτοι τί τῆς ἐσχάτης ὕβρεως ἀπολείπει; Οὐ πρὸς τῷ
πόλεις ἑλληνίδας ἀνῃρηκέναι, τίθησι μὲν τὰ Πύθια, τὸν
κοινὸν τῶν Ἑλλήνων ἀγῶνα, κᾂν αὐτὸς μὴ παρῇ, τοὺς
δούλους (11) ἀγωνοθήσοντας πέμπει; Κύριος δὲ Πυλῶν,
καὶ τῶν ἐπὶ τοὺς Ἕλληνας παρόδων ἐςί, καὶ φρουραῖς
καὶ ξένοις τοὺς τόπους τούτους κατέχει; ἔχει δὲ καὶ τὴν
προμαντείαν τοῦ Θεοῦ (12), παρώσας ἡμᾶς, καὶ Θετταλοὺς, καὶ Δωριέας, καὶ τοὺς ἄλλους Ἀμφικτύονας, ἧς
οὐδὲ τοῖς Ἕλλησιν ἅπασι μέτεςι; γράφει δὲ Θετταλοῖς
ὅντινα χρὴ τρόπον πολιτεύεσθαι; πέμπει δὲ ξένους,
τοὺς μὲν εἰς Πορθμὸν (13), τὸν δῆμον ἐκβαλοῦντας τῶν
Ἐρετριέων, τοὺς δ᾽ ἐπ᾽ Ὠρεὸν, Φιλιςίδην τύραννον
καταστήσοντας; Ἀλλ᾽ ὅμως ταῦθ᾽ ὁρῶντες οἱ Ἕλληνες,
ἀνέχονται, καὶ τὸν αὐτὸν τρόπον, ὅνπερ οἱ τὴν χάλαζαν,
ἔμοιγε δοκοῦσι θεωρεῖν· εὐχόμενοι μὲν μὴ καθ᾽ ἑαυτοὺς
ἕκαςοι γενέσθαι, κωλύειν δὲ οὐδεὶς ἐπιχειρῶν. Οὐ μόνον
δ᾽ ἐφ᾽ οἷς ἡ Ἑλλὰς ὑβρίζεται ὑπ᾽ αὐτοῦ, οὐδεὶς ἀμύνε-
ται, ἀλλ᾽ οὐδ᾽ ὑπὲρ ὧν αὐτὸς ἕκαςος ἀδικεῖται· τοῦτο
γὰρ ἤδη τοὔσχατόν ἐςιν. Οὐ Κορινθίων ἐπ᾽ Ἀμβρακίαν
ἐλήλυθε καὶ Λευκάδα; οὐκ Ἀχαιῶν Ναύπακτον (14)
ἀφελόμενος, ὀμώμοκεν Αἰτωλοῖς παραδώσειν; Οὐχὶ
Θηβαίων Ἐχῖνον (15) ἀφήρηται; καὶ νῦν ἐπὶ Βυζαν-
τίους (16) πορεύεται, συμμάχους ὄντας; οὐχ ἡμῶν;
Ἐῶ τἄλλα· ἀλλὰ Χερρονήσου τὴν μεγίςην ἔχει πόλιν
Καρδίαν. Ταῦτα τοίνυν πάσχοντες ἅπαντες, μέλλομεν
καὶ μαλακιζόμεθα, καὶ πρὸς τοὺς πλησίον βλέπομεν,
ἀπιςοῦντες ἀλλήλοις, οὕτω φανερῶς πάντας ἡμᾶς ἀδικοῦντος; Καίτοι τὸν ἅπασιν ἀσελγῶς οὕτω χρώμενον,
τί οἴεσθε, ἐπειδὰν καθ᾽ ἕνα ἡμῶν ἑκάστου κύριος γένηται, ποιήσειν;

Τί οὖν αἴτιον τουτωνί; οὐ γὰρ ἄνευ λόγου καὶ δικαίας αἰτίας, οὔτε τόθ' οὕτως εἶχον ἑτοίμως πρὸς ἐλευθερίαν ἅπαντες οἱ Ἕλληνες, οὔτε νῦν πρὸς τὸ δουλεύειν. Ἦν τι τότ᾽, ἦν, ὦ ἄνδρες Ἀθηναῖοι, ἐν ταῖς τῶν πολλῶν διανοίαις, ὃ νῦν οὐκ ἔστιν, ὃ καὶ τοῦ Περσῶν ἐκράτησε πλούτου, καὶ ἐλευθέραν ἦγε τὴν Ἑλλάδα, καὶ οὔτε ναυμαχίας, οὔτε πεζῆς μάχης οὐδεμιᾶς ἡττᾶτο. Νῦν δ᾽ ἀπολωλὸς ἅπαντα λελύμανται, καὶ ἄνω καὶ κάτω πεποίηκε τὰ τῶν Ἑλλήνων πράγματα. Τί οὖν ἦν τοῦτο; οὐδὲν ποικίλον, οὐδὲ σοφόν· ἀλλὰ τοὺς παρὰ τῶν ἄρχειν ἀεὶ βουλομένων, ἢ καὶ διαφθείρειν τὴν Ἑλλάδα, χρήματα λαμβάνοντας, ἅπαντες ἐμίσουν. Καὶ χαλεπώτατον ἦν τὸ δωροδοκοῦντα ἐξελεγχθῆναι· καὶ τιμωρία μεγίστη τοῦτον ἐκόλαζον· καὶ παραίτησις οὐδεμία ἦν, οὐδὲ συγγνώμη. Τὸν οὖν καιρὸν ἑκάστου τῶν πραγμάτων, ὃν ἡ τύχη καὶ τοῖς ἀμελοῦσι κατὰ τῶν προσεχόντων, καὶ τοῖς μηδὲν ἐθέλουσι ποιεῖν κατὰ τῶν πάντα ἃ προσήκει πραττόντων, πολλάκις παρασκευάζει, οὐκ ἦν πρίασθαι παρὰ τῶν λεγόντων, οὐδὲ τῶν στρατηγούντων, οὐδὲ τὴν πρὸς ἀλλήλους ὁμόνοιαν, οὐδὲ τὴν πρὸς τοὺς βαρβάρους καὶ τοὺς τυράννους ἀπιστίαν, οὐδ᾽ ὅλως τῶν τοιούτων οὐδέν. Νῦν δ᾽ ἅπανθ᾽ ὥσπερ ἐξ ἀγορᾶς ἐκπέπραται ταῦτα· ἀντεισῆκται δ᾽ ἀντὶ τούτων, ὑφ᾽ ὧν ἀπόλωλε καὶ νενόσηκεν ἡ Ἑλλάς. Ταῦτα δ᾽ ἔστι τί; ζῆλος, εἴ τις εἴληφέ τι· γέλως, ἂν ὁμολογῇ· συγγνώμη, τοῖς ἐλεγχομένοις· μῖσος, ἂν τούτοις τις ἐπιτιμᾷ· τἆλλα πάντα ὅσα ἐκ τοῦ δωροδοκεῖν ἤρτηται· ἐπεὶ καὶ τριήρεις γε καὶ σωμάτων πλῆθος, καὶ χρημάτων πρόσοδοι, καὶ τῆς ἄλλης κατασκευῆς ἀφθονία, καὶ τἆλλα οἷς ἄν τις ἰσχύειν τὰς πόλεις κρίνοι, νῦν ἅπαντα καὶ πλείω καὶ μείζω ἐστὶ τῶν τότε πολλῷ· ἀλλ᾽ ἅπαντα ταῦτα ἄχρηστα, ἄπρακτα, ἀνόνητα, ὑπὸ τῶν πωλούντων γίγνεται.

Quelle est donc la source de ce désordre ? Car ce n'est pas sans raison , sans une juste cause, que tous les Grecs , autrefois si jaloux de leur liberté, sont maintenant si disposés à la servitude. Il régnait alors, ô Athéniens ! il régnait dans le cœur de tous les peuples un sentiment qu'on n'y trouve plus aujourd'hui ; sentiment qui a triomphé de l'or des Perses , qui a maintenu toute la Grèce libre, qui l'a rendue victorieuse sur terre et sur mer , et avec lequel on a vu disparaître sa prospérité. Et quel était-il ce sentiment ! Était-ce le résultat d'une politique raffinée ? non ; c'était la haine générale contre tout homme qui acceptait des présens de ceux qui voulaient opprimer la Grèce ou simplement la corrompre. Le plus difficile alors était de convaincre le coupable : il était puni avec la dernière rigueur , sans qu'il pût apporter d'excuse ou espérer de pardon. On ne pouvait acheter de la main ni des orateurs, ni des généraux, les occasions favorables que la fortune ménage quelquefois à la négligence et à la paresse, au préjudice même de l'activité et de la vigilance. Alors on ne vendait ni la concorde qui doit régner entre les Grecs, ni la défiance où ils doivent être des tyrans et des Barbares , en un mot, rien de ce qui assure notre liberté. De nos jours, tout cela se vend comme à l'encan ; et qu'avons-nous en échange ? des abus qui ont troublé et ruiné la Grèce ; on porte envie à celui qui reçoit ; on ne fait que rire , s'il l'avoue ; on lui pardonne , s'il est convaincu ; on sait mauvais gré à ceux qui se plaignent d'une telle licence ; enfin un vil esprit d'intérêt à prévalu partout. Nous ne fûmes jamais plus puissans que nous le sommes aujourd'hui. Troupes, vaisseaux, finances , ressources diverses pour la guerre, soutiens et forces d'un état , rien ne nous manque ; mais tout cela devient inutile , sans effet et d'aucun secours, grâce à la vénalité de nos traîtres.

Qu'il règne à présent des abus dangereux, vous le voyez par vous-mêmes, sans qu'il soit besoin de mon témoignage : il faut vous prouver que nos pères pensaient sur cet article bien différemment de nous. Je vais vous en convaincre par une inscription qu'ils gravèrent sur une colonne de bronze, placée dans notre citadelle, non pour s'instruire eux-mêmes, et s'exciter à prendre des sentimens qu'ils trouvaient dans leurs propres cœurs, mais pour vous laisser un monument et un exemple du zèle qu'on doit montrer en pareille circonstance. Que porte donc l'inscription ? le voici : *Soit diffamé Arthmius, fils de Pythonax, de Zélie, et regardé comme ennemi des Athéniens et de leurs alliés, lui et sa race.* On ajoute pour quelle raison : *pour avoir apporté de l'or des Perses dans le Péloponèse* ; on ne dit pas à Athènes. Voilà ce que porte l'inscription. Rentrez donc en vous-mêmes, au nom de Jupiter et de tous les dieux, et considérez avec quelle sagesse, avec quelle dignité se gouvernaient vos pères. Un habitant de Zélie, un certain Arthmius, esclave du roi de Perse (car Zélie, est en Asie), pour avoir apporté de l'or, par ordre de son maître, je ne dis pas à Athènes, mais dans le Péloponèse, est déclaré ennemi des Athéniens et de leurs alliés ; il est noté d'infamie, lui et sa race, et non pas d'une infamie ordinaire qui se borne à le flétrir dans notre ville : qu'importait en effet, à un Zélitain, une pareille flétrissure ? ce n'est pas là non plus ce que l'inscription signifie : mais les lois capitales portent qu'on proscrira le coupable qui aura échappé à la punition. C'était donc une action agréable aux dieux de tuer Arthmius ; car, ajoute la loi, *que celui-là meure qui est noté d'infamie* ; c'est-à-dire, qu'on peut, sans crime, tuer un homme ainsi diffamé. Il est donc certain que vos pères se croyaient obligés de veiller au salut commun de la Grèce : autrement se seraient-ils inquiétés qu'un inconnu corrompît par argent, ou par séduction, des citoyens du Pélo-

Ὅτι δ' οὕτω ταῦτ' ἔχει, τὰ μὲν νῦν ὁρᾶτε δήπου, καὶ οὐδὲν ἐμοῦ προσδεῖσθε μάρτυρος· τὰ δ' ἐν τοῖς ἄνωθεν χρόνοις, ὅτι τἀναντία τούτων εἶχεν, ἐγὼ δηλώσω, οὐ λόγους ἐμαυτοῦ λέγων, ἀλλὰ γράμματα τῶν προγόνων τῶν ἡμετέρων δεικνύων, ἃ ἐκεῖνοι κατέθεντο, εἰς στήλην χαλκῆν γράψαντες, εἰς ἀκρόπολιν· οὐχ ἵνα αὐτοῖς ᾖ χρήσιμα (καὶ γὰρ ἄνευ τούτων τῶν γραμμάτων τὰ δέοντα ἐφρόνουν), ἀλλ' ἵνα ὑμεῖς ἔχητε ὑπομνήματα καὶ παραδείγματα, ὡς ὑπὲρ τῶν τοιούτων σπουδάζειν προσήκει. Τί οὖν λέγει τὰ γράμματα; Ἄρθμιος (17), φησὶν, ὁ Πυθώνακτος, ὁ Ζελείτης, ἄτιμος ἔστω, καὶ πολέμιος τοῦ δήμου τῶν Ἀθηναίων καὶ τῶν συμμάχων, αὐτὸς καὶ γένος. Εἶθ' ἡ αἰτία προσγέγραπται, δι' ἣν τοῦτ' ἐγένετο· ὅτι τὸν χρυσὸν ἐκ τῶν Μήδων (18) εἰς Πελοπόννησον ἤγαγεν, οὐκ Ἀθήναζε. Ταῦτ' ἐστὶ τὰ γράμματα. Λογίζεσθε δὴ, πρὸς Διὸς καὶ θεῶν, καὶ θεωρεῖτε παρ' ὑμῖν αὐτοῖς, τίς ἦν ποτε ἡ διάνοια τῶν τότε Ἀθηναίων τῶν ταῦτα ποιούντων, ἢ τί τὸ ἀξίωμα. Ἐκεῖνοι Ζελείτην τινὰ Ἄρθμιον δοῦλον βασιλέως (ἡ γὰρ Ζέλειά ἐστι τῆς Ἀσίας), ὅτι τῷ δεσπότῃ διακονῶν χρυσίον ἤγαγεν εἰς Πελοπόννησον, οὐκ Ἀθήναζε, ἐχθρὸν αὐτῶν ἀνέγραψαν καὶ τῶν συμμάχων, αὐτὸν καὶ γένος, καὶ ἀτίμους εἶναι· τοῦτο δ' ἐστὶν οὐχ ἣν ἂν οὑτωσί τις φήσειεν ἀτιμίαν· τί γὰρ τῷ Ζελείτῃ τοῦτ' ἔμελεν, εἰ τῶν Ἀθήνησι κοινῶν μὴ μεθέξειν ἔμελλεν; Ἀλλ' οὐ τοῦτο λέγει, ἀλλ' ἐν τοῖς φονικοῖς γέγραπται νόμοις· ὑπὲρ ὧν ἂν μὴ διδῷ δίκας, φόνου δικάσασθαι. Ἀλλ' εὐαγὲς ἦν τὸ ἀποκτεῖναι· καὶ ἄτιμός, φησι, τεθνάτω. Τοῦτο δὴ λέγει, καθαρὸν τὸν τούτων τινὰ ἀποκτείναντα εἶναι. Οὐκοῦν ἐνόμιζον ἐκεῖνοι τῆς ἁπάντων τῶν Ἑλλήνων σωτηρίας αὐτοῖς ἐπιμελητέον εἶναι· οὐ γὰρ ἂν αὐτοῖς ἔμελεν, εἴ τις ἐν Πελοποννήσῳ τινὰς ὠνεῖται ἢ

4*

διαφθείρει, μὴ τοῦθ' ὑπολαμβάνουσιν· ἐκόλαζον δ' οὕτω
καὶ ἐτιμωροῦντο οὓς ἂν αἴσθοιντο δωροδοκοῦντας, ὥστε
καὶ στηλίτας ποιεῖν. Ἐκ δὲ τούτων, εἰκότως τὰ τῶν Ἑλλήνων ἦν τῷ βαρβάρῳ φοβερά, οὐχ ὁ βάρβαρος τοῖς
Ἕλλησιν. Ἀλλ' οὐ νῦν. Οὐ γὰρ οὕτως ἔχεθ' ὑμεῖς, οὔτε
πρὸς τὰ τοιαῦτα, οὔτε πρὸς τὰ ἄλλα. Ἀλλὰ πῶς; Ἴστε
αὐτοί. Τί γὰρ δεῖ περὶ πάντων ὑμῶν κατηγορεῖν; καὶ
παραπλησίως δὲ καὶ οὐδὲν βέλτιον ὑμῶν, ἅπαντες οἱ
λοιποὶ Ἕλληνες. Διόπερ φημὶ ἔγωγε, καὶ σπουδῆς πολλῆς,
καὶ βουλῆς ἀγαθῆς, τὰ παρόντα πράγματα προσδεῖ-
σθαι. Τίνος εἴπω; Κελεύετε, καὶ οὐκ ὀργιεῖσθε (19);
Ἐκ τοῦ γραμματείου ἀναγίνωσκε.

On lit le mémoire de Démosthène, qui contient ce qu'il propose.

Ἔστι τοίνυν τὶς εὐήθης λόγος παρὰ τῶν παραμυ-
θεῖσθαι βουλομένων τὴν πόλιν, ὡς ἄρα οὔπω Φίλιππός
ἐστι τοιοῦτος, οἷοί ποτ' ἦσαν Λακεδαιμόνιοι· οἳ θαλάτ-
της μὲν ἦρχον καὶ γῆς ἁπάσης, βασιλέα (20) δὲ σύμ-
μαχον εἶχον, ὑφίστατο δὲ οὐδὲν αὐτούς· ἀλλ' ὅμως
ἠμύνατο κἀκείνους ἡ πόλις, καὶ οὐκ ἀνηρπάσθη. Ἐγὼ
δὲ ἁπάντων, ὡς ἔπος εἰπεῖν, πολλὴν εἰληφότων ἐπί-
δοσιν, καὶ οὐδὲν ὁμοίων ὄντων τῶν νῦν τοῖς πρότερον, οὐδὲν
ἡγοῦμαι πλέον ἢ τὰ τοῦ πολέμου κεκινῆσθαι καὶ ἐπι-
δεδωκέναι. Πρῶτον μὲν γὰρ ἀκούω Λακεδαιμονίους τότε
καὶ πάντας τοὺς Ἕλληνας, τέτταρας μῆνας ἢ πέντε, τὴν
ὡραίαν αὐτὴν στρατεύεσθαι, καὶ τοῦτον τὸν χρόνον ἐμ-
βαλόντας, καὶ κακώσαντας τὴν τῶν ἀντιπάλων χώραν
ὁπλίταις καὶ πολιτικοῖς στρατεύμασιν, ἀναχωρεῖν ἐπ'
οἴκου πάλιν. Οὕτω δ' ἀρχαίως εἶχον, μᾶλλον δὲ πολιτικῶς, ὥστε οὐδὲ χρημάτων ὠνεῖσθαι παρ' οὐδενὸς οὐδὲν,
ἀλλ' εἶναι νόμιμόν τινα καὶ προφανῆ τὸν πόλεμον. Νυνὶ
δ' ὁρᾶτε μὲν δήπου τὰ πλεῖστα τοὺς προδότας ἀπολω-

ponèse ? Telle était leur sévérité à punir les corrupteurs, qu'ils allaient même jusqu'à les proscrire, et graver leur infamie sur le bronze. Aussi les Grecs étaient alors redoutables aux Barbares, et non les Barbares aux Grecs. C'est tout le contraire de nos jours, parce que vous pensez d'une manière toute différente sur cet article et sur beaucoup d'autres. Et quels sont aujourd'hui vos sentimens ? L'ignorez-vous ? Faut-il que nos reproches tombent sur vous seuls, lorsque les autres Grecs ne sont pas dans de meilleures dispositions, lorsqu'ils sont à-peu-près aussi répréhensibles ? Je dis donc simplement que l'état de nos affaires demande une attention extrême, et que, dans la circonstance, il faudrait vous donner un conseil utile. Et quel conseil ? Me le permettrez-vous ? Ne vous en offenserez-vous pas? Greffier, lisez mon mémoire.

On lit le mémoire de Démosthène, qui contient ce qu'il propose.

J'admire, au reste, la simplicité de ceux qui viennent nous dire, pour nous rassurer, que les forces de Philippe n'égalent pas encore celles qu'avaient, il n'y a pas long-temps, les Lacédémoniens, qui étaient les maîtres de la terre et de la mer, alliés du roi de Perse, dont l'ambition ne trouvait nulle part de résistance, et dont toutefois Athènes sut arrêter les progrès. Pour moi, je pense que tout a bien changé : tout est parvenu à un point que ne connaissaient pas nos ancêtres ; ce qui est surtout vrai de la guerre. Autrefois, dit-on, les Lacédémoniens et les autres Grecs ne tenaient la campagne que quatre ou cinq mois, et pendant la belle saison. On entrait dans le pays ennemi : après l'avoir ravagé, on licenciait les troupes toutes composées de citoyens, et chacun s'en retournait chez soi. Telles étaient la franchise et la noblesse avec lesquelles on procédait alors qu'on voulait vaincre par des moyens légitimes, à force ouverte, et non acheter la victoire à prix d'argent. Aujourd'hui, vous le voyez vous-mêmes, ce sont les traîtres qui ont tout perdu : les combats et les batailles ne décident plus rien. Philippe, sans traîner après lui sa lourde phalange, va partout où il veut, suivi d'une troupe de cavalerie ou d'infanterie légère, d'archers étrangers et d'autres corps pareils. Avec ce camp volant, il se jette sur les villes dont les habitans sont en dissension ; et quand il voit que, retenus par des défiances mutuelles, ils n'osent sortir pour le combattre, il fait avancer ses machines, et donne l'assaut. Je n'ajoute pas que toutes les saisons lui sont indifférentes, et qu'il se met en marche l'hiver comme l'été.

D'après ces connaissances et ces réflexions, prenez garde de laisser entrer l'ennemi dans l'Attique, et de vous perdre vous-mêmes en vous reposant sur la simplicité de nos anciennes guerres avec Lacédémone. Prévenez les choses de loin ; ayez des troupes prêtes ; empêchez le monarque de sortir de ses états, et évitez de le combattre en bataille rangée. Car si, pour la guerre en général, nous avons sur lui une foule d'avantages dont nous profiterons, quand il nous plaira d'agir ; si nous pouvons entrer dans son royaume par mille endroits, le piller et le ravager de toutes parts, il a plus d'expérience que nous dans les combats en règle.

Mais inutilement vous attaquerez le roi de Macédoine par la force des armes, si, par une sage prévoyance, vous ne faites encore la guerre aux orateurs agens de ce prince. Comptez qu'il vous est impossible de vaincre l'ennemi du dehors, avant de punir ces ennemis domestiques qui lui sont vendus : ce que vous ne voulez, ni ne pouvez, j'en atteste tous les dieux. Oui, vous en êtes venus à un tel point, dirai-je d'aveuglement ou d'égarement ? (de quel terme me servir ? il m'est arrivé plus d'une fois de craindre qu'un génie malfaisant ne travaille à notre

λεκότας (21), οὐδὲν δ᾽ ἐκ παρατάξεως οὐδ᾽ ἐκ μάχης
γινόμενον. Ἀκούετε δὲ Φίλιππον, οὐχὶ τῷ φάλαγγας (22)
ὁπλιτῶν ἄγειν, βαδίζονθ᾽ ὅποι βούλεται, ἀλλὰ τῷ
ψιλοὺς ἱππέας, τοξότας ξένους, τοιοῦτον ἐξηρτῆσθαι
στρατόπεδον. Ἐπειδὰν δὲ τούτοις κρατῶν πρὸς νοσοῦν-
τας ἐν αὐτοῖς προσπέσῃ, καὶ μηδεὶς ὑπὲρ τῆς χώρας
δι᾽ ἀπιστίαν ἐξίῃ, μηχανήματ᾽ ἐπιστήσας, πολιορκεῖ.
Καὶ σιωπῶ θέρος καὶ χειμῶνα, ὡς οὐδὲν αὐτῷ διαφέρει, οὐδ᾽ ἔστιν ἐξαίρετος ὥρα τις, ἣν διαλείπει.

Ταῦτα μέντοι πάντας εἰδότας καὶ λογιζομένους, οὐ
δεῖ προσέσθαι τὸν πόλεμον εἰς τὴν χώραν, μηδ᾽ εἰς τὴν
εὐήθειαν τὴν τοῦ τότε πρὸς Λακεδαιμονίους πολέμου
βλέποντας, ἐκτραχηλισθῆναι, ἀλλ᾽ ὡς ἐκ πλείστου
φυλάττεσθαι, τοῖς πράγμασι καὶ ταῖς παρασκευαῖς,
ὅπως οἴκοθεν μὴ κινήσεται, σκοποῦντας, οὐχὶ συμπλα-
κέντας διαγωνίζεσθαι. Πρὸς μὲν γὰρ πόλεμον πολλὰ
φύσει πλεονεκτήματα ὑμῖν ὑπάρχει, ἄνπερ, ὦ ἄνδρες
Ἀθηναῖοι, ποιεῖν ἐθέλωμεν ἃ δεῖ· ἡ φύσις τῆς ἐκείνου
χώρας, ἧς ἄγειν καὶ φέρειν ἐστὶ πολλὴν καὶ κακῶς
ποιεῖν· ἄλλα μυρία (23)· εἰς δὲ ἀγῶνα ἄμεινον ἡμῶν
ἐκεῖνος ἤσκηται.

Οὐ μόνον δὲ δεῖ ταῦτα γιγνώσκειν, οὐδὲ τοῖς ἔργοις
ἐκεῖνον ἀμύνεσθαι τοῖς τοῦ πολέμου, ἀλλὰ καὶ τῷ λογισμῷ καὶ τῇ διανοίᾳ τοὺς παρ᾽ ὑμῖν ὑπὲρ αὐτοῦ λέγοντας μισῆσαι· ἐνθυμουμένους ὅτι οὐκ ἔνεστι τῶν ἔξω
τῆς πόλεως ἐχθρῶν κρατῆσαι, πρὶν ἂν τοὺς ἐν αὐτῇ τῇ
πόλει κολάσητε ὑπηρετοῦντας ἐκείνῳ· ὃ, μὰ τὸν Δία καὶ
τοὺς ἄλλους θεοὺς, οὐ δύνασθε ὑμεῖς ποιῆσαι, οὐδὲ
βούλεσθε. Ἀλλ᾽ εἰς τοῦτο ἀφῖχθε μωρίας, ἢ παρανοίας,
ἢ, οὐκ ἔχω τί λέγω (πολλάκις γὰρ ἔμοιγ᾽ ἐπελήλυθε καὶ
τοῦτο φοβεῖσθαι, μή τι δαιμόνιον τὰ πράγματα ἐλαύνῃ),
ὥστε λοιδορίας, ἢ φθόνου, ἢ σκώμματος ἕνεκ᾽, ἢ ἧς

τινος ἂν τύχητε αἰτίας, ἀνθρώπους μισθωτούς, ὧν οὐδ᾽ ἂν
ἀρνηθεῖεν ἔνιοι ὡς οὐκ εἰσὶ τοιοῦτοι, λέγειν κελεύετε, καὶ
γελᾶτε ἂν τισι λοιδορηθῶσι. Καὶ οὐχὶ τοῦτό πω δεινὸν
(καίπερ ὂν δεινὸν), ἀλλὰ καὶ μετὰ πλείονος ἀσφαλείας
πολιτεύεσθαι δεδώκατε τούτοις, ἢ τοῖς ὑπὲρ ὑμῶν λέ-
γουσι. Καίτοι θεάσασθε, ὅσας συμφορὰς παρασκευάζει
τὸ τῶν τοιούτων ἐθέλειν ἀκροᾶσθαι. Λέξω δὲ ἔργα ἃ
πάντες εἴσεσθε. Ἦσαν ἐν Ὀλύνθῳ τῶν ἐν τοῖς πράγμασι,
τινὲς μὲν τὰ Φιλίππου φρονοῦντες, καὶ πάνθ᾽ ὑπηρε-
τοῦντες ἐκείνῳ, τινὲς δὲ ὑπὲρ τοῦ βελτίστου, καὶ ὅπως
μὴ δουλεύσωσιν οἱ πολῖται, πράττοντες. Πότεροι δὲ τὴν
πατρίδα ἀπώλεσαν; ἢ πότεροι τοὺς ἱππέας προύδοσαν,
ὧν προδοθέντων, Ὄλυνθος ἀπώλετο; οἱ τὰ Φιλίππου
φρονοῦντες, καὶ, ὅτ᾽ ἦν ἡ πόλις, τοὺς τὰ βέλτιστα
λέγοντας συκοφαντοῦντες καὶ διαβάλλοντες οὕτως, ὥστε
τόν γ᾽ Ἀπολλωνίδην (24) καὶ ἐκβαλεῖν ὁ δῆμος ὁ τῶν
Ὀλυνθίων ἐπείσθη. Οὐ τοίνυν παρὰ τούτοις μόνοις τὸ
ἔθος τοῦτο πάντα κακὰ εἰργάσατο, ἄλλοθι δ᾽ οὐδαμοῦ·
ἀλλ᾽ ἐν Ἐρετρίᾳ, ἐπειδή γε ἀπαλλαγέντος τοῦ Πλου-
τάρχου καὶ τῶν ξένων, ὁ δῆμος εἶχε τὴν πόλιν καὶ τὸν
Πορθμὸν, οἱ μὲν ἐφ᾽ ὑμᾶς ἦγον τὰ πράγματα, οἱ δ᾽ ἐπὶ
Φίλιππον· ἀκούοντες δὲ τούτων τὰ πολλὰ, μᾶλλον δὲ
τὰ πάντα, οἱ ταλαίπωροι καὶ δυσυχεῖς Ἐρετριεῖς,
τελευτῶντες ἐπείσθησαν τοὺς ὑπὲρ αὐτῶν λέγοντας ἐκβαλεῖν. Καὶ γάρ τοι πέμψας Ἱππόνικον (25) ὁ σύμμαχος
καὶ φίλος αὐτοῖς Φίλιππος, καὶ ξένους χιλίους, τὰ τείχη
περιεῖλε τοῦ Πορθμοῦ (26), καὶ τρεῖς κατέσησε τυράννους, Ἵππαρχον, Αὐτομέδοντα, Κλείταρχον (27).
Καὶ μετὰ ταῦτ᾽ ἐξελήλακεν ἐκ τῆς χώρας, δὶς ἤδη βουλομένους σώζεσθαι, τότε μὲν πέμψας τοὺς μετ᾽ Εὐρυ-
λόχου ξένους, πάλιν δὲ τοὺς μετὰ Παρμενίωνος (28).

Καὶ τί δεῖ τὰ πολλὰ λέγειν; Ἀλλ᾽ ἐν Ὠρεῷ Φιλιςείδης

perte) vous en êtes, dis-je, venus à un tel point, que, soit malignité, soit jalousie, soit goût pour la satire, soit quelque autre motif, vous laissez monter à la tribune des mercenaires qui ne peuvent désavouer ce titre, et, leur donnant toute liberté de parler, vous riez des invectives dont ils nous chargent. Mais ce n'est pas là ce qu'il y a de plus révoltant, quoiqu'il le soit beaucoup ; de tels hommes, qui le croirait? ont moins de risques à courir dans le ministère, que l'orateur le mieux intentionné. Examinez, cependant, quels maux causa toujours chez les peuples cette facilité à écouter les traîtres : je ne rapporterai que des faits connus. A Olynthe, parmi ceux qui se mêlaient des affaires, les uns parlaient pour Philippe auquel ils étaient dévoués ; les autres qui avaient en vue le bien, voulaient éloigner la servitude. Quels sont ceux qui ont perdu leur patrie, qui ont livré la cavalerie, et par-là ont causé la ruine d'Olynthe ? sans doute, les partisans de Philippe, ces âmes vénales, qui, tant que subsista leur ville, ne cessèrent de noircir et de calomnier les vrais défenseurs de l'État, jusqu'à ce qu'ils eussent persuadé au peuple de banir Apollonide. Et ce n'est pas à Olynthe seulement que ce désordre produisit les plus tristes effets. A Érétrie, lorque le peuple, après avoir chassé Plutarque et les étrangers qui étaient à sa solde, eut repris sa ville et Porthmos, les uns étaient pour nous, les autres pour le roi de Macédoine. Les infortunés Érétriens, écoutant ceux-ci préférablement, ou plutôt n'écoutant qu'eux, se déterminèrent à exiler ceux de leurs chefs qui étaient les plus fidèles. Philippe, leur ami et leur allié, envoie Hipponique avec un détachement de mille hommes, et, rasant Porthmos, le soumet à trois tyrans, Hipparque, Automédon, Clitarque. Enfin, comme ils travaillaient sérieusement à secouer le joug, il les chassa deux fois de leur pays avec des troupes étrangères qu'il envoya deux fois, sous la conduite d'abord d'Euryloque et ensuite de Parménion.

Vous faut-il encore d'autres exemples ? A Orée, Philistide, de concert avec Ménippe, Socrate, Thoas et Agapée, qui présentement y sont les maîtres, agissait visiblement pour le roi de Macédoine. Un certain Euphrée, qui autrefois avait demeuré chez vous, faisait tous ses efforts pour défendre la liberté et l'indépendance de ses compatriotes. Il serait trop long de vous dire quels affronts et quels outrages il essuya de la part des Oritains. L'année d'avant la prise d'Orée, ayant découvert la trahison de Philistide et de ses complices, il dévoila leurs manœuvres. Dirigés et payés par le monarque, une foule de factieux se liguent contre lui, et le traînent en prison comme perturbateur du repos public. Le peuple témoin de ces violences, au lieu de se déclarer pour Euphrée, et de sévir contre ses persécuteurs, applaudissait aux uns, insultait à l'autre, et disait de son défenseur le plus zélé, qu'il avait bien mérité ce qu'il souffrait. Les traîtres, devenus par-là tout-puissans, agissaient et intriguaient tout à leur aise pour livrer leur patrie. On s'en apercevait, mais on gardait le silence, effrayé sans doute par le traitement d'Euphrée. Tel était enfin l'abattement général, que, même à la veille du plus grand malheur, personne n'osa élever la voix, avant que l'ennemi fût au pied des murs. Alors, les uns défendaient la ville, les autres la trahissaient. Dès qu'elle fut prise par des moyens si lâches et si honteux, les créatures du prince s'emparèrent du gouvernement ; et, dominant seuls, ils persécutent ceux qui avaient tout fait, et étaient encore prêts à tout faire pour sauver le chef du bon parti, et se sauver eux-mêmes ; ils chassent les uns, font mourir les autres ; quant à Euphrée, en se donnant lui-même la mort, il prouva qu'il ne s'était opposé au monarque qu'avec des intentions droites et pures.

Mais pourquoi les Olynthiens, les Érétriens, les Oritains écoutaient-ils ceux qui parlaient pour Philippe plus volontiers

μὲν. ἔπραττε Φιλίππῳ, καὶ Μένιππος, καὶ Σωκράτης,
καὶ Θόας, καὶ Ἀγάπαιος (29), οἵπερ νῦν ἔχουσι τὴν
πόλιν· καὶ ταῦτ' ᾔδεσαν ἅπαντες· Εὐφραῖος (30) δέ τις
ἄνθρωπος, καὶ παρ' ὑμῖν ποτ' ἐνθάδε οἰκήσας, ὅπως
ἐλεύθεροι καὶ μηδενὸς δοῦλοι ἔσονται· οὗτος τὰ μὲν
ἄλλα ὡς ὑβρίζετο καὶ προεπηλακίζετο ὑπὸ τοῦ δήμου
τοῦ τῶν Ὠρειτῶν, πολλὰ ἂν εἴη λέγειν. Ἐνιαυτῷ δὲ πρότερον τῆς ἁλώσεως, ἐνέδειξεν ὡς προδότην τὸν Φιλιστεί-
δην, καὶ τοὺς μετ' αὐτοῦ, αἰσθόμενος ἃ πράττουσι·
συςραφέντες δὲ ἄνθρωποι πολλοί, καὶ χορηγὸν ἔχοντες
Φίλιππον, καὶ πρυτανευόμενοι παρ' ἐκείνου, ἀπάγουσι
τὸν Εὐφραῖον εἰς τὸ δεσμωτήριον, ὡς συνταράττοντα
τὴν πόλιν. Ὁρῶν δὲ ταῦθ' ὁ δῆμος ὁ τῶν Ὠρειτῶν,
ἀντὶ τοῦ τῷ μὲν βοηθεῖν, τοὺς δ' ἀποτυμπανίσαι, τοῖς
μὲν οὐκ ὠργίζετο, τὸν δ' ἐπιτήδειον εἶναι ταῦτα παθεῖν
ἔφη, καὶ ἐπέχαιρε. Μετὰ ταῦθ', οἱ μὲν ἐπ' ἐξουσίας
ὁπόσης ἠβούλοντο, ἔπραττον ὅπως ἡ πόλις ληφθήσεται,
καὶ κατεσκευάζοντο τὴν πρᾶξιν· τῶν δὲ πολλῶν εἴ τις
αἴσθοιτο, ἐσίγα καὶ κατεπέπληκτο, τὸν Εὐφραῖον οἷα
ἔπαθε μεμνημένος. Οὕτω δ' ἀθλίως διέκειντο τῷ φόβῳ,
ὥςε οὐ πρότερον ἐτόλμησεν οὐδείς, τοιούτου κακοῦ
προσιόντος, ῥῆξαι φωνήν, πρὶν διασκευασάμενοι πρὸς
τὰ τείχη προσῇσαν οἱ πολέμιοι. Τηνικαῦτα δ' οἱ μὲν
ἠμύνοντο, οἱ δὲ προὐδίδοσαν. Τῆς δὲ πόλεως οὕτως
ἁλούσης αἰσχρῶς καὶ κακῶς, οἱ μὲν ἄρχουσι καὶ τυραν-
νοῦσι, τοὺς τότε σῴζοντας αὐτοὺς καὶ τὸν Εὐφραῖον,
ἑτοίμους ὄντας ὁτιοῦν ποιεῖν, τοὺς μὲν ἐκβαλόντες,
τοὺς δὲ ἀποκτείναντες· ὁ δ' Εὐφραῖος ἐκεῖνος ἀπέσφαξεν
ἑαυτόν, ἔργῳ μαρτυρήσας ὅτι καὶ δικαίως καὶ καθαρῶς
ὑπὲρ τῶν πολιτῶν ἀνθειςήκει Φιλίππῳ.

Τί οὖν ποτ' αἴτιον θαυμάζετ' ἴσως, τοῦ καὶ τοὺς
Ὀλυνθίους, καὶ τοὺς Ἐρετριεῖς, καὶ τοὺς Ὠρείτας,

ἥδιον πρὸς τοὺς ὑπὲρ Φιλίππου λέγοντας ἔχειν ἢ τοὺς
ὑπὲρ ἑαυτῶν; Ὅπερ καὶ παρ' ὑμῖν νῦν ἐςιν· ὅτι τοῖς μὲν
ὑπὲρ τοῦ βελτίςου λέγουσιν, οὐδὲ βουλομένοις ἔνεςιν
ἐνίοτε πρὸς χάριν οὐδὲν εἰπεῖν (τὰ γὰρ πράγματ' ἀνάγκη
σκοπεῖν, ὅπως σωθήσεται)· οἱ δ' ἐν αὐτοῖς οἷς χαρί-
ζονται, Φιλίππῳ συμπράττουσιν· εἰσφέρειν ἐκέλευον· οἱ
δ' οὐδὲν δεῖν ἔφασαν. Πολεμεῖν καὶ μὴ πιςεύειν, οἱ δ'
ἄγειν εἰρήνην, ἕως ἐγκατελήφθησαν. Τ' ἄλλα τὸν αὐτὸν
τρόπον οἶμαι πάνθ', ἵνα μὴ καθ' ἕκαςα λέγω. Οἱ μὲν
ἐφ' οἷς ἤδη χαριοῦνται, ταῦτ' ἔλεγον, καὶ ἐλύπουν οὐ-
δέν· οἱ δ' ἐξ ὧν ἔμελλον μὲν σωθήσεσθαι οἷς δὲ προσ-
ῆσαν ἀπέχθειαι. Πολλὰ δὲ καὶ τὰ τελευταῖα οὐχ οὕτως,
οὔτε πρὸς χάριν, οὔτε δι' ἄγνοιαν, οἱ πολλοὶ προΐεντο,
ἀλλ' ὑποκατακλινόμενοι, ἐπειδὴ τοῖς ὅλοις ἡττᾶσθαι
ἐνόμιζον· ὃ, νὴ τὸν Δία καὶ τὸν Ἀπόλλω, δέδοικα ἔγωγε
μὴ πάθητε καὶ ὑμεῖς, ἐπειδὰν εἰδῆτε ἐκ λογισμοῦ μηδὲν
ὑμῖν ἐνὸν, καὶ τοὺς εἰς τοῦθ' ὑπάγοντας ὑμᾶς ὁρῶν, οὐκ
ὀρρωδῶ, ἀλλὰ δυσωποῦμαι. Ἡ γὰρ ἐξεπίτηδες; ἢ δι'
ἄγνοιαν, εἰς χαλεπὸν πρᾶγμα ὑπάγουσι τὴν πόλιν. Καίτοι μὴ γένοιτο, ὦ ἄνδρες Ἀθηναῖοι, τὰ πράγματ' ἐν
τούτῳ. Τεθνάναι γὰρ μυριάκις κρεῖττον, ἢ κολακείᾳ τι
ποιῆσαι Φιλίππῳ, καὶ προέσθαι τῶν ὑπὲρ ὑμῶν λεγόντων τινάς.

Καλήν γ' οἱ πολλοὶ νῦν ἀπειλήφασιν Ὠρειτῶν χάριν,
ὅτι τοῖς Φιλίππου φίλοις ἐπέτρεψαν αὐτούς, τὸν δ' Εὐφραῖον ἐώθουν· καλήν γ' ὁ δῆμος ὁ τῶν Ἐρετριέων, ὅτι
τοὺς ὑμετέρους μὲν πρέσβεις ἀπήλασε, Κλειτάρχῳ δὲ
ἐνέδωκεν αὐτόν· δουλεύουσί γε μαςιγούμενοι καὶ ςρε-
βλούμενοι. Καλῶς Ὀλυνθίων ἐφείσατο, τῶν τὸν μὲν
Λασθέν... ἵππαρχον χειροτονησάντων, τὸν δὲ Ἀπολλωνίδην ἐκ..αοντων. Μωρία καὶ κακία τὰ τοιαῦτα ἐλπίζειν,
κακῶς βουλευομένους καὶ αὐτούς, καὶ μηδὲν ὧν προσ-

que ceux qui parlaient pour la patrie? Vous en cherchez peut-être la raison avec surprise : vous la trouvez chez vous. Les orateurs qui ont en vue le bien, ne peuvent pas toujours, quand ils le voudraient, dire des choses agréables, parce qu'il faut indiquer les moyens propres à rétablir les affaires. Les traîtres, dans les objets même où ils servent l'ennemi, flattent et ménagent en tout leurs auditeurs. Ceux-là, par exemple, proposaient d'imposer une taxe; suivant ceux-ci, il n'en fallait pas. Les uns conseillaient de se préparer à la guerre, et de se tenir sur ses gardes ; les autres, jusqu'à l'instant fatal, ne cessaient d'exhorter à jouir de la paix ; et ainsi du reste, pour ne pas entrer dans le détail. Les uns donc tenaient des discours flatteurs et agréables pour le moment; les autres ouvraient des avis qui auraient sauvé l'État, mais qui devaient déplaire. Qu'ont fait les peuples? ils ont enfin abandonné tout, non par hasard, ni par complaisance, ni par ignorance, mais par découragement, croyant tout désespéré. Pour moi, certes, je tremble que vous ne soyez un jour dans ce cas, quand les réflexions, venues trop tard, ne seront plus d'aucun secours. Aussi je hais, j'abhorre ceux qui vous conduisent à ces extrémités : car, soit perfidie, soit imprudence, ils vous jetteront dans le désespoir. Aux dieux ne plaise que les choses en viennent jamais là! Eh! plutôt mourir mille fois, que de sacrifier, par une lâche condescendance pour Philippe, quelques-uns de vos fidèles orateurs!

Les Oritains ont été bien récompensés d'avoir donné leur confiance aux créatures du prince, et rejeté les conseils d'Euphrée! Les Érétriens ont gagné beaucoup à renvoyer vos députés et à se livrer à un tyran qui les traite en esclaves, et ne leur épargne ni les verges ni les tortures! On a bien ménagé les Olynthiens, pour avoir mis Lasthène à la tête de leur cavalerie, et avoir chassé Apollonide! Ce serait une folie et une lâcheté de vous résoudre à un pareil avenir, en vous conduisant aussi mal que les autres, en négligeant ce qu'il y a de plus essentiel, et

vous imaginant, sur la foi d'orateurs perfides, qu'Athènes est
d'une grandeur qui la met au-dessus de tout accident funeste.
Quelle honte cependant, pour vous, de dire, lorsqu'il sera arrivé quelque événement fâcheux : *Mais aussi qui eût pensé que
pareilles choses arriveraient! Il aurait fallu prendre tel parti ; il
aurait fallu éviter tel piége.*

Les Olynthiens pourraient dire aujourd'hui ce qu'ils auraient
dû faire ou ne pas faire, pour se garantir de leur perte. Les
Oritains pourraient le dire, ainsi que les Phocéens, ainsi que
tous les peuples qui ont péri. Mais à quoi ces propos serviraient-
ils? Tant qu'un navire, quel qu'il soit, peut encore lutter contre
les vagues, les matelots, le pilote, tout l'équipage doit être en
action pour empêcher qu'on ne le fasse périr, soit à dessein,
soit par imprudence; dès que les flots l'ont surmonté, tout soin
est inutile. Nous, de même, tandis que nous subsistons encore,
que nous avons des forces suffisantes, de grandes ressources,
une haute réputation, que ferons-nous? Il en est peut-être qui
sont impatiens de le savoir. Eh bien! je vais le dire, et même
en proposer le décret, afin que vous le fassiez mettre à exécution, si vous l'approuvez. Je dis donc que nous devons commen-
cer par nous mettre en défense, par nous munir de galères, de
troupes, et d'argent. En effet, dussent tous les autres Grecs accepter la servitude, vous, Athéniens, vous devriez combattre
pour la liberté.

Lorsque nous aurons fait tous nos préparatifs, et que nous les
aurons exposés aux yeux de toute la Grèce, animons alors les
autres peuples, envoyons partout des députés qui annoncent
nos desseins dans le Péloponèse, dans l'île de Chio, et au roi de
Perse, puisque ce prince n'est pas moins intéressé que nous à
arrêter les progrès du roi de Macédoine. Par-là, si vos raisons
persuadent, vous aurez des alliés qui, au besoin, partageront
avec vous le péril et la dépense; sinon, vous gagnerez du temps;
et comme vous avez en tête un ennemi qui agit seul, et non une
république qui ramasse lentement ses forces, ce délai ne sera

ἥκει ποιεῖν ἐθέλοντας· ἀλλὰ τῶν ὑπὲρ τῶν ἐχθρῶν λεγόντων ἀκρωμένους, τηλικαύτην ἡγεῖσθαι πόλιν οἰκεῖν
τὸ μέγεθος, ὥςε μηδ᾽ ἂν ὁτιοῦν ᾖ δεινὸν πείσεσθαι. Καὶ
μὴν ἐκεῖνό γε αἰσχρὸν ὕςερόν ποτ᾽ εἰπεῖν συμβάντος
τινός· τίς γὰρ ἂν ᾠήθη ταῦτα γενέσθαι; Νὴ τὸν Δία· ἔδει
γὰρ τὸ καὶ τὸ ποιῆσαι, καὶ τὸ μὴ ποιῆσαι.

Πολλὰ ἂν εἰπεῖν ἔχοιεν Ὀλύνθιοι νῦν, ἃ τότε εἰ
προείδοντο, οὐκ ἂν ἀπώλοντο· πολλ᾽ ἂν Ὠρεῖται, πολλὰ
Φωκεῖς, πολλὰ τῶν ἀπολωλότων ἕκαςοι. Ἀλλὰ τί τούτων ὄφελος αὐτοῖς; Ἕως γὰρ ἂν σώζηται τὸ σκάφος, ἄν
τε μεῖζον, ἄν τ᾽ ἔλαττον ᾖ, τότε χρὴ καὶ ναύτην, καὶ
κυβερνήτην, καὶ πάντ᾽ ἄνδρα ἐφεξῆς πρόθυμον εἶναι,
καὶ ὅπως μήθ᾽ ἑκὼν, μήτ᾽ ἄκων, μηδεὶς ἀνατρέψῃ τοῦτο
σκοπεῖσθαι· ἐπειδὰν δὲ ἡ θάλαττα ὑπέρσχῃ μάταιος ἡ
σπουδή. Καὶ ἡμεῖς τοίνυν, ὦ ἄνδρες Ἀθηναῖοι, ἕως
ἐσμὲν σῶοι, πόλιν μεγίςην ἔχοντες, ἀφορμὰς πλείςας,
ἀξίωμα κάλλιςον, τί ποιῶμεν; πάλαι τις ἡδέως ἂν ἴσως
ἐρωτήσων κάθηται. Ἐγὼ, νὴ Δί᾽, ἐρῶ, καὶ γράψω δέ·
ὥςε, ἂν βούλησθε, χειροτονήσετε. Αὐτοὶ πρῶτον ἀμυ-
νόμενοι, καὶ παρασκευαζόμενοι τριήρεσι, καὶ χρήμασι,
καὶ ςρατιώταις λέγω· καὶ γάρ, ἂν ἅπαντες δουλεύειν
δήπου συγχωρήσωσιν οἱ ἄλλοι, ὑμῖν γ᾽ ὑπὲρ τῆς ἐλευθερίας ἀγωνιςέον.

Ταῦτα δὴ πάντα αὐτοὶ παρασκευασάμενοι καὶ ποιήσαντες τοῖς Ἕλλησι φανερά, τοὺς ἄλλους ἤδη παρα-
καλῶμεν, καὶ τοὺς ταῦτα διδάξοντας ἐκπέμπωμεν πρέσβεις πανταχοῖ, εἰς Πελοπόννησον, εἰς Ῥόδον, εἰς Χίον,
ὡς βασιλέα λέγω· οὐδὲ γὰρ τῶν ἐκείνῳ συμφερόντων
ἀφέςηκε, τὸ μὴ τοῦτον ἐᾶσαι πάντα καταςρέψασθαι·
ἵν᾽, ἐὰν μὲν πείσητε, κοινωνοὺς ἔχητε καὶ τῶν κινδύνων
καὶ τῶν ἀναλωμάτων, ἄν τι δέῃ· εἰ καὶ μή, χρόνους γε
ἐμποιῆτε τοῖς πράγμασιν. Ἐπειδὴ γάρ ἐςι πρὸς ἄνδρα·

καὶ οὐχὶ συνεςώσης πόλεως ἰσχὺν ὁ πόλεμος, οὐδὲ
τοῦτ᾽ ἄχρηςον. Οὐδ᾽ αἱ πέρυσι πρεσβεῖαι περὶ τὴν Πελοπόννησον ἐκεῖναι καὶ κατηγορίαι, ἃς ἐγὼ, καὶ Πολύευ-
κτος, ὁ βέλτιςος ἐκεινοσὶ, καὶ Ἡγήσιππος, καὶ Κλεῖτό-
μαχος, καὶ Λυκοῦργος (31), καὶ οἱ ἄλλοι πρέσβεις,
περιήλθομεν, καὶ ἐποιήσαμεν ἐπισχεῖν ἐκεῖνον, καὶ μήτ᾽
ἐπ᾽ Ἀμβρακίαν ἐλθεῖν, μήτ᾽ ἐς Πελοπόννησον ὁρμῆσαι.

Οὐ μέντοι λέγω μηδὲν αὐτοὺς ὑπὲρ αὑτῶν ἀναγκαῖον
ἐθέλοντας ποιεῖν, τοὺς ἄλλους παρακαλεῖν· καὶ γὰρ
εὔηθες τὰ οἰκεῖα αὐτοὺς προϊεμένους τῶν ἀλλοτρίων
φάσκειν κήδεσθαι, καὶ τὰ παρόντα περιορῶντας, ὑπὲρ
τῶν μελλόντων τοὺς ἄλλους φοβεῖν. Οὐ λέγω ταῦτα·
ἀλλὰ τοῖς μὲν ἐν Χερρονήσῳ χρήματ᾽ ἀποςέλλειν φημὶ
δεῖν, καὶ τἄλλα ὅσα ἀξιοῦσι ποιεῖν· αὐτοὺς δὲ παρασκευάζεσθαι, καὶ πρώτους ἃ χρὴ ποιοῦντας, τότε καὶ
τοὺς ἄλλους Ἕλληνας συγκαλεῖν, συνάγειν, διδάσκειν,
νουθετεῖν. Ταῦτ᾽ ἔςι πόλεως ἀξίωμα ἐχούσης, ἡλίκον
ὑμῖν ὑπάρχει. Εἰ δ᾽ οἴεσθε Χαλκιδέας τὴν Ἑλλάδα σώ-
σειν, ἢ Μεγαρέας, ὑμεῖς δ᾽ ἀποδράσεσθε τὰ πράγματα,
οὐκ ὀρθῶς οἴεσθε· ἀγαπητὸν γὰρ ἂν αὐτοὶ σώζωνται
τούτων ἕκαςοι· ἀλλ᾽ ὑμῖν τοῦτο πρακτέον· ὑμῖν οἱ πρόγονοι τοῦτο τὸ γέρας ἐκτήσαντο καὶ κατέλιπον μετὰ
πολλῶν καὶ καλῶν καὶ μεγάλων κινδύνων. Εἰ δ᾽ ὁ βούλεται ζητῶν ἕκαςος καθεδεῖται, καὶ ὅπως μηδὲν αὐτὸς
ποιήσῃ σκοπῶν, πρῶτον μὲν οὐ μή ποθ᾽ εὕρῃ τοὺς
ποιήσοντας, ἔπειτα δέδοικα ὅπως μὴ πάντα ὅσα οὐ
βουλόμεθα, ποιεῖν ἡμῖν ἀνάγκη γενήσεται. Εἰ γὰρ ἦσαν,
εὕρηντ᾽ ἂν πάλαι, ἕνεκα τοῦ μηδὲν ὑμᾶς αὐτοὺς ποιεῖν
ἐθέλειν· ἀλλ᾽ οὐκ εἰσίν.

Ἐγὼ μὲν δὴ ταῦτα γράφω, καὶ οἴομαι καὶ νῦν ἔτι
ἐπανορθωθῆναι ἂν τὰ πράγματα, τούτων γιγνομένων.
Εἰ δέ τις ἔχει τούτων τι βέλτιον, λεγέτω καὶ συμβου-
λευέτω. Ὅ,τι δ᾽ ὑμῖν δόξειε, τοῦτ᾽, ὦ πάντες θεοὶ, συν-
ενέγκοι.

pas inutile. Ainsi ne le furent pas, l'année précédente, nos ambassades dans le Péloponèse, et les plaintes qu'y répandirent contre Philippe, conjointement avec moi, Polyeucte, cet excellent citoyen, Hégésippe, Clitomaque, Lycurgue, et nos autres collègues : plaintes efficaces par lesquelles nous arrêtâmes ce prince, nous l'empêchâmes d'envahir Ambracie, et de se jeter sur le Péloponèse.

Je ne vous dis pas néanmoins d'animér les autres, si vous-mêmes vous ne voulez rien faire de ce qu'exigent vos intérêts propres. Car il serait ridicule de s'inquiéter des affaires d'autrui, quand on néglige les siennes, et d'effrayer les autres sur l'avenir, quand soi-même on est tranquille sur le présent. Je ne dis pas cela non plus ; mais je dis qu'il faut payer nos troupes de la Chersonèse, leur envoyer les secours dont elles ont besoin, armer nous-mêmes les premiers, et après que nous aurons donné l'exemple, instruire, avertir, exhorter, presser alors les autres Grecs. Voilà ce qui convient à la dignité d'Athènes. Et ne vous imaginez-pas que Chalcide et Mégares sauveront la Grèce, tandis que vous fuirez les peines et les embarras. Trop heureuses ces deux villes de pouvoir se défendre elles-mêmes ! C'est vous qui devez vous charger du salut commun ; c'est à vous que vos ancêtres ont transmis cet honneur ; c'est pour vous qu'ils l'ont acquis par une foule de combats glorieux. Si vous restez toujours oisifs, évitant d'agir vous-mêmes, et ne cherchant que ce qui flatte votre mollesse, je vous annonce que vous ne trouverez personne qui agisse pour vous ; je crains d'ailleurs que bientôt une nécessité indispensable ne vous fasse vouloir ce qui vous déplaît tant aujourd'hui. Car enfin s'il était des Grecs disposés à tout faire pour vous, ils se seraient montrés il y a long-temps, puisque vous ne pouvez vous résoudre à sortir de votre inaction : mais il n'en est pas.

Voilà, Athéniens, ce que j'avais à vous dire, et ce que j'ai à proposer dans un décret, dont l'exécution, ce me semble, peut encore rétablir nos affaires. Si quelqu'un trouve un avis meilleur, qu'il parle, et qu'il vous le communique. Puisse le parti que vous prendrez, quel qu'il soit, tourner à l'avantage et au bonheur de l'État.

NOTES

DE LA TROISIÈME PHILIPPIQUE.

————◦◦◦————

(1) Les Athéniens se piquaient d'être les plus humains des peuples. Les étrangers étaient fort bien reçus dans Athènes; ils y avaient la liberté de tout dire et de tout faire, d'y vivre à leur fantaisie, et de manifester leurs sentiments sur tous les objets. Les esclaves même y jouissaient de toute la liberté dont peut jouir un esclave; ils y étaient traités avec une douceur qui les rendit utiles à leurs maîtres dans plusieurs occasions importantes.

(2) La Chersonèse avait appartenu autrefois aux Athéniens, qui l'avaient perdue : elle venait de leur être cédée par Chersoblepte. Cardie, ville considérable de ce pays, refusa de se soumettre aux Athéniens avec les autres, et recourut à Philippe qui la prit sous sa protection.

(3) Athènes parvint à aller de pair avec Lacédémone, et même à tenir le premier rang, qu'elle perdit, et reprit encore.

(4) Les Lacédémoniens furent les maîtres dans la Grèce pendant près de trente ans; c'est-à-dire, depuis que Lysandre eut détruit Athènes, jusqu'à la première guerre que les Athéniens, rétablis par Conon, entreprirent contre Lacédémone, pour se soustraire, eux et les autres Grecs, à sa tyrannie. Les Lacédémoniens, pendant leur domination, abolissaient partout la démocratie; et les Athéniens, l'oligarchie.

(5) Epaminondas, un des plus grands hommes de la Grèce, remporta à Leuctres, contre les Lacédémoniens, une victoire décisive, qui procura l'empire de la Grèce aux Thébains, ses compatriotes. Cette puissance qu'il fit naître, ne lui survécut que de quelques années. Thèbes se vit bientôt réduite à s'appuyer de la protection de Philippe, qui dominait à son tour dans la Grèce.

(6) Philippe régnait sur la Macédoine depuis dix-neuf ans; mais il ne se fit réellement un nom dans la Grèce, que la huitième année de son règne, pendant laquelle il chassa les

tyrans de Phères en Thessalie, et tailla en pièces l'armée des Phocéens, commandée par Onomarque.

(7) Voyez la note 11 de la seconde Philippique.

(8) Ambracie, ville d'Epire, contre laquelle Philippe fit une expédition qui ne lui réussit pas.

(9) Elide, ville du Péloponèse, dont Philippe s'était rendu maître par la voie de confédération, et non par celle des armes.

(10) Plusieurs peuples de la Grèce, les Athéniens entre autres, disputaient le titre de Grec à Philippe, qui prétendait descendre d'Hercule par Caranus premier roi de Macédoine. Au reste, les Macédoniens ne jouissaient pas, dans la Grèce, d'une grande considération avant que Philippe les eût illustrés par son courage. Ils descendaient des Thraces, si décriés chez les Grecs, que le nom de Thrace passait parmi eux pour une injure. Les esclaves qui venaient de Macédoine, n'étaient pas estimés.

(11) *Ses esclaves*, c'est-à-dire, ses courtisans ou ses sujets. Les sujets d'un roi n'étaient que des esclaves aux yeux de ces anciens républicains.

(12) *Le droit de consulter l'oracle le premier*. Philippe après avoir terminé la guerre de la Phocide, se fit transporter le droit qu'avaient les Phocéens, comme maîtres du temple, de consulter l'oracle les premiers. Ce droit aurait dû être donné, suivant Démosthène, aux anciens Amphictyons. Tous les Grecs n'y pouvaient pas prétendre, parce qu'il fallait jouir du titre d'Amphictyon, et que tous les Grecs n'en jouissaient pas.

(13) *Porthmos*, place importante d'Eubée qui dépendait d'Erétrie. *Philistide*, citoyen d'Orée, dévoué au roi de Macédoine.

(14) *Naupacte*, ville dans l'Etolie, appartenait aux Achéens qui en étaient séparés par le golfe de Corinthe. Philippe la promit et la donna en effet aux Etoliens, qu'elle accommodait par sa proximité.

(15) *Echine*. Il y avait deux villes de ce nom, l'une dans l'Acarnanie, l'autre fondée par les Thébains dans la Phtiotide. C'est de la dernière qu'il est ici question.

(16) Philippe menaçait déjà Byzance, mais l'effet ne suiv
pas sitôt la menace. Il attaqua auparavant Périnthe, dont
leva le siége pour marcher à celui de Byzance.

(17) Arthmius était un des principaux émissaires d'Artaxerc
Longue-main, dont l'Égypte secoua le joug; et qui fit marche
contre elle une armée formidable; mais, ne pouvant réduir
cette province rébelle, parce qu'elle était secourue par de
Athéniens, Artaxerce tourna sa colère contre ceux-ci : il envoy
des agens secrets, entre autres Arthmius, dans le Péloponèse
pour leur susciter des ennemis à force de largesses; mais l
tentative fut inutile : les Lacédémoniens ne voulurent pas s
prêter au ressentiment du roi de Perse.

(18) De l'or *des Mèdes*, ou *des Perses*. Les Mèdes avaient ét
réunis à l'empire des Perses, et ne faisaient avec eux qu'u
seul et même peuple.

(19) Les Athéniens naturellement paresseux, n'aimaient pa
qu'on les tirât de leur indolence pour les faire agir; et proba
blement Démosthène proposait dans son mémoire de lever de
milices Athéniennes, pour attaquer Philippe et réprimer son
ambition.

(20) Ce fut après l'expédition imprudente et malheureuse
d'Athènes en Sicile, que les Lacédémoniens contractèrent avec
le roi de Perse une alliance qui les mit en état de faire la loi aux
Athéniens leurs rivaux.

(21) Philippe se vantait d'avoir emporté plus de villes par ses
largesses que par ses armes, et ne reconnaissait de place impre-
nable que celle où l'on ne pouvait faire entrer un convoi d'argent. Il avait des citoyens à ses gages dans toutes les villes de la
Grèce.

(22) Voyez dans l'Histoire Ancienne de Rollin, la description
de la phalange macédonienne, dont Philippe se servit avec tant
d'avantage dans ses grandes expéditions.

(23) Quoique les Athéniens eussent perdu Amphipolis, Pydna
et Potidée, qui leur ouvraient plus d'une porte en Macédoine,
ils avaient encore Thrace, Lemnos et d'autres villes voisines,

d'où ils pouvaient facilement tenter une descente dans ce royaume.

(24) Philippe s'aperçut, dans deux batailles qu'il livra aux Olynthiens, qu'Apollonide, général de la cavalerie olynthienne, montrait une valeur et un zèle capables de retarder ses progrès. Il se conduisit de façon à faire croire qu'Apollonide avait des intelligences avec lui ; il le fit ensuite accuser par des citoyens d'Olynthe, ses créatures. Apollonide fut déposé et banni ; et on donna sa place à Lasthène et à Euthycrate, qui étaient vendus au roi de Macédoine, et qui lui livrèrent la cavalerie.

(25) Hipponique, inconnu d'ailleurs.

(26) Porthmos, place importante d'Eubée, qui dépendait d'Erétrie.

(27) Hipparque, Automédon et Clitarque, citoyens d'Erétrie, vendus à Philippe.

(28) Euryloque, Parménion ; on ne connaît pas le premier ; le second est connu dans l'histoire d'Alexandre : il commandait, au passage du Granique, l'aile gauche de l'armée de ce prince, et eut beaucoup de part à ses expéditions.

(29) Philistide, Ménippe, Thoas, Agapée, citoyens d'Orée, dévoués à Philippe. Le premier était un très-méchant homme que le roi n'employa que parce qu'il lui était utile.

(30) Euphrée, citoyen d'Orée, avait demeuré quelque temps à Athènes, où il s'était instruit à l'école de Platon. Il n'était encore guère connu des Athéniens, et s'était élevé depuis peu dans sa patrie par son mérite et par son zèle.

(31) Polyeucte, Lycurgue et Hégésippe, orateurs et ministres d'Athènes assez connus ; Clitomaque, inconnu d'ailleurs.

SOMMAIRE

DE LA QUATRIÈME PHILIPPIQUE.

PHILIPPE poursuivait ses conquêtes dans la Thrace, et se disposait à assiéger Périnthe et Byzance ; il avait asservi l'Eubée. Démosthène monte à la tribune pour déterminer les Athéniens à réprimer l'ambition de cet ennemi infatigable. Cette harangue est, presque d'un bout à l'autre, une répétition des idées et des raisonnemens des précédentes. Démosthène y reproche aux Athéniens leur inaction et leur négligence ; il les anime contre Philippe, qui veut anéantir leur république, et contre les traîtres qui le secondent dans ses projets. Il réfute les citoyens qui exagéraient les avantages d'une paix illusoire.

On ne doit pas être surpris que Démosthène, obligé de rebattre la même matière, devant le même peuple qui avait toujours les mêmes défauts, qui tombait toujours dans les mêmes fautes, se soit répété quelquefois ; il est au contraire surprenant qu'il ait trouvé dans dix harangues, qui roulent toutes sur le même sujet, tant d'idées nouvelles et de nouveaux tours. Mais une chose qui doit surprendre, et qui est vraiment surprenante, c'est qu'après avoir attaqué les distributions du théâtre dans deux des Philippiques qui précèdent, il les défende dans celle-ci, et blâme ceux qui les attaquent. Je crois que le seul moyen d'excuser cet orateur de changer ici de sentiment et de langage, c'est de dire qu'ayant attaqué les distributions du théâtre dans les premiers discours, et s'étant aperçu, depuis, que le peuple voulait absolument les conserver, qu'elles occasionnaient ce-

pendant entre les pauvres et les riches des altercations très-vives,
dont l'État souffrait, l'amour du bien public le fait changer
d'avis, et chercher des raisons pour persuader aux riches qu'ils
ne doivent point envier aux pauvres les secours légers qu'ils reçoivent de l'État. Il termine cette harangue par une invective
éloquente contre Aristodème, un des orateurs partisans de Philippe. Cette Philippique fut prononcée la quatrième année de
la CIXᵉ Olympiade, sous l'archonte Nicomaque.

QUATRIÈME PHILIPPIQUE.

———◦◦◦◦◦———

Persuadé que dans la délibération actuelle, il est question des grands intérêts et des besoins pressans de la république, je vais tâcher, Athéniens, de vous ce qui me semble devoir être le plus utile pour vous. Si nous nous trouvons aujourd'hui dans un état fâcheux, il faut nous en prendre à nos fautes, qui, commencées depuis bien des années, continuent toujours, et dont la plus dangereuse encore, comme la plus difficile à corriger, est le peu d'attention que vous donnez aux affaires. Vous vous en occupez pendant le temps où, assis dans la place publique, vous écoutez tranquillement les nouvelles qu'on vous annonce; mais bientôt, de retour dans vos maisons, vous en détournez votre pensée, et n'en conservez pas même le souvenir.

Philippe, ainsi qu'on vous l'apprend de toutes parts, est d'une audace et d'une avidité sans bornes; et vous n'ignorez pas, sans doute, qu'on ne le réprimera jamais avec des paroles et des harangues. Pour vous en convaincre, il suffirait de considérer que, toutes les fois qu'il a fallu se défendre en discutant le droit, nous n'avons jamais succombé ni paru manquer de raisons. Oui, nous triomphons partout, nous l'emportons sur tous, quand il n'est question que de discours. Les affaires de Philippe en vont-elles pour cela plus mal, et les nôtres en vont-elles mieux? Il s'en faut bien. Le monarque prend les armes, se met en marche, affronte tous les hasards; nous, contens de discuter nos droits, nous nous bornons, les uns à parler, les autres à écouter : de là qu'arrive-t-il? les actions, comme il est naturel, l'emportent sur les paroles; et les peuples examinent, non ce que nous avons dit ou pourrions dire de solide sur les injustices de ce prince, mais ce que nous faisons pour les arrêter : or, ce

ΛΟΓΟΣ ΤΕΤΑΡΤΟΣ.

Καὶ σπουδαῖα νομίζων, ὦ ἄνδρες Ἀθηναῖοι, περὶ ὧν βουλεύεσθε, καὶ ἀναγκαῖα τῇ πόλει, πειράσομαι περὶ αὐτῶν εἰπεῖν, ἃ νομίζω συμφέρειν. Οὐκ ὀλίγων δ᾽ ὄντων ἁμαρτημάτων, οὐδ᾽ ἐκ μικροῦ χρόνου συνειλεγμένων, ἐξ ὧν φαύλως ταῦτ᾽ ἔχει, οὐδὲν ἔτιν, ὦ ἄνδρες Ἀθηναῖοι, τῶν πάντων δυσκολώτερον εἰς τὸ παρόν, ἢ ὅτι ταῖς γνώμαις ὑμεῖς ἀφετήκατε τῶν πραγμάτων, καὶ τοσοῦτον χρόνον σπουδάζετε, ὅσον ἂν κάθησθε ἀκούοντες ἢν προσαγγελθῇ τι νεώτερον· εἶτ᾽ ἀπελθὼν ἕκαςος ὑμῶν, οὐ μόνον οὐδὲν φροντίζει περὶ αὐτῶν, ἀλλ᾽ οὐδὲ μέμνηται.

Ἡ μὲν οὖν ἀσέλγεια, καὶ πλεονεξία, ἣ πρὸς ἅπαντας ἀνθρώπους Φίλιππος ἀεὶ χρῆται, τοσαύτη τὸ πλῆθός ἐτιν ὅσην ἀκούετε· ὅτι δ᾽ οὐκ ἔνι ταύτης ἐκεῖνον ἐπισχεῖν ἐκ λόγου καὶ δημηγορίας, οὐδεὶς ἀγνοεῖ δήπου. Καὶ γὰρ εἰ μηδ᾽ ἀφ᾽ ἑνὸς τῶν ἄλλων τοῦτο μαθεῖν δύναιτό τις, ὡδὶ λογισάσθω. Ἡμεῖς οὐδαμοῦ πώποτε, ὅπου περὶ τῶν δικαίων εἰπεῖν ἐδέησεν, ἡττήθημεν, οὐδ᾽ ἀδικεῖν ἐδόξαμεν, ἀλλὰ πάντων πανταχοῦ κρατοῦμεν καὶ περίεσμεν τῷ λόγῳ. Ἀρ᾽ οὖν διὰ ταῦτ᾽ ἐκείνῳ φαύλως ἔχει τὰ πράγματα, ἢ τῇ πόλει καλῶς; πολλοῦ γε καὶ δεῖ. Ἐπειδὰν γὰρ, ὁ μὲν μετὰ ταῦτα λαβὼν βαδίζῃ τὰ ὅπλα, πᾶσι τοῖς οὖσιν ἑτοίμως κινδυνεύων, ἡμεῖς δὲ καθώμεθα, οἱ μὲν εἰρηκότες τὰ δίκαια, οἱ δ᾽ ἀκηκοότες, εἰκότως, οἶμαι, τὰ ἔργα τοὺς λόγους παρέρχεται· καὶ προσέχουσιν ἅπαντες, οὐχ οἷς εἴπομέν ποθ᾽ ἡμεῖς δικαίοις, ἢ νῦν ἂν εἴποιμεν, ἀλλ᾽ οἷς ποιοῦμεν. Ἐτι δὲ ταῦτα οὐδένα τῶν ἀδικουμένων σώζειν δυνάμενα. Οὐδὲν γὰρ δεῖ πλείω περὶ αὐτῶν λέγειν.

Τοιγάρτοι διεςηκότων εἰς δύο μέρη ταῦτα τῶν ἐν ταῖς πόλεσι, τῶν μὲν εἰς τὸ μήτε ἄρχειν βίᾳ βούλεσθαι μηδενός, μήτε δουλεύειν ἄλλῳ, ἀλλ᾽ ἐν ἐλευθερίᾳ καὶ νόμοις ἐξ ἴσου πολιτεύεσθαι, τῶν δ᾽ εἰς τὸ ἄρχειν μὲν τῶν πολιτῶν ἐπιθυμεῖν, ἑτέρῳ δ᾽ ὑπακούειν, δι᾽ ὅτου ποτ᾽ ἂν οἴωνται τοῦτο δυνήσεσθαι ποιῆσαι· οἱ τῆς ἐκείνου προαιρέσεως, οἱ τυραννίδων καὶ δυναςειῶν ἐπιθυμοῦντες, κεκρατήκασι πανταχοῦ· καὶ πόλις δημοκρατουμένη βεβαίως οὐκ᾽ οἶδ᾽ εἴ τίς ἐςι τῶν πασῶν λοιπὴ πλὴν ἡ ὑμετέρα· καὶ κεκρατήκασιν οἱ δι᾽ ἐκείνου τὰς πολιτείας ποιούμενοι πᾶσιν ὅσοις πράγματα πράττεται. Πρώτῳ μὲν πάντων καὶ πλείςῳ, τῷ τοὺς βουλομένους χρήματα λαμβάνειν, ἔχειν τὸν δώσοντα ὑπὲρ αὐτῶν, δευτέρῳ δὲ καὶ οὐδὲν ἐλάττονι τούτου, τῷ δύναμιν τὴν καταςρεψομένην τοὺς ἐναντιουμένους αὐτοῖς, ἐν οἷς ἂν αἰτήσωσι χρόνοις, παρεῖναι. Ἡμεῖς δὲ οὐ μόνον τούτοις ἀπολειπόμεθα, ὦ ἄνδρες Ἀθηναῖοι, ἀλλ᾽ οὐδ᾽ ἀνεγερθῆναι δυνάμεθα (1), ἀλλὰ μανδραγόραν πεπωκόσιν, ἤ τι φάρμακον ἄλλο τοιοῦτον, ἐοίκαμεν ἀνθρώποις. Εἶτ᾽, οἶμαι (δεῖ γάρ, ὡς ἐγὼ κρίνω, λέγειν τάληθῆ), οὕτω διαβεβλήμεθα καὶ καταπεφρονήμεθα ἐκ τούτων, ὥςε τῶν ἐν αὐτῷ τῷ κινδυνεύειν ὄντων, οἱ μὲν ὑπὲρ τῆς ἡγεμονίας ὑμῖν ἀντιλέγουσιν, οἱ δ᾽ ὑπὲρ τοῦ ποῦ συνεςρεύσουσι, τινὲς δὲ καὶ καθ᾽ ἑαυτοὺς ἀμύνεσθαι μᾶλλον ἢ μεθ᾽ ὑμῶν ἐγνώκασι.

Τοῦ χάριν δὴ ταῦτα λέγω καὶ διεξέρχομαι; οὐ γὰρ ἀπεχθάνεσθαι, μὰ τὸν Δία καὶ πάντας τοὺς θεούς, προαιροῦμαι, ἀλλ᾽ ἵνα ὑμῶν ἕκαςος, ὦ ἄνδρες Ἀθηναῖοι, τοῦτο γνῶ καὶ ἴδη, ὅτι ἡ καθ᾽ ἡμέραν ῥαςώνη καὶ ῥαθυμία, ὥσπερ ἐν τοῖς ἰδίοις βίοις, οὕτω κἂν ταῖς

que nous faisons, ne peut sauver aucun de ceux qu'il opprime. En voilà assez sur cet objet; passons à d'autres.

Deux partis divisent toute la Grèce. Les uns ne veulent être ni tyrans ni esclaves, mais vivre égaux et indépendans sous des lois communes; les autres, jaloux de commander à leurs compatriotes, obéissent à quiconque peut les seconder dans leurs projets d'ambition. Les partisans du roi de Macédoine, qui aspirent chez eux à la domination suprême, ont réussi dans toutes les villes, et je ne sais si la vôtre n'est pas la seule où la démocratie conserve quelque apparence de vigueur. Les créatures du monarque l'emportent sur le parti contraire, par tous les moyens qui assurent le succès d'une entreprise. Le premier de ces moyens et le plus en usage, c'est qu'ils trouvent un homme prêt à leur fournir de l'argent pour engager dans leurs intérêts des âmes vénales. Un second avantage, et qui ne le cède pas au premier, c'est qu'ils ont à leurs ordres des troupes pour réduire leurs adversaires. Mais nous, outre que nous manquons de ces ressources, nous ne pouvons même nous réveiller de notre assoupissement, et il semble que nous soyons plongés dans une létargie profonde. De là (car il faut vous parler sans détour), de là le décri où nous sommes, décri si général, que parmi les peuples qui sont en péril, les uns nous disputent l'honneur du commandement, les autres le droit d'assigner le lieu de la conférence; quelques-uns enfin aiment mieux se défendre seuls qu'avec notre secours.

Et pourquoi entré-je dans ces détails désagréables? Jupiter et tous les dieux me sont témoins que, sans nulle intention de vous offenser, je veux vous faire comprendre que dans le gouvernement des états, comme dans la conduite de la vie, les

5*

effets d'une négligence habituelle ne se font pas sentir à mesure qu'on néglige quelques objets particuliers , mais présentent à la fin un total effrayant.

Voyez Serrie et Dorisque : vous abandonnâtes , après la paix , ces deux places qui ne sont peut-être pas connues de plusieurs d'entre vous. C'est néanmoins la perte de ces deux villes , qu'on regardait alors comme peu importantes , qui a entraîné la ruine de la Thrace et de Chersoblepte votre allié. Philippe , voyant que ce prince et ses états n'attiraient point votre attention et n'obtenaient de vous aucun secours, rasa Porthmos, et mit des tyrans dans l'Eubée pour tenir Athènes en respect. On lui a laissé prendre Porthmos ; peu s'en faut qu'il n'ait pris Mégares. Indifférens à toutes ces entreprises du monarque, vous restâtes tranquilles, sans vous mettre en devoir de réprimer son ambition ; il s'ouvrit par argent les portes d'Antrones, et peu de temps après il se rendit maître d'Orée. Je passe sous silence la prise de Phères, l'expédition d'Ambrasie, les massacres d'Élide, et mille actes pareils. Mon dessein n'est pas de vous faire un dénombrement exact de ses violences et de ses usurpations, mais de vous prouver qu'il ne cessera point d'outrager tous les Grecs et de tout envahir, si on ne l'arrête.

Il est des gens qui, avant que d'entendre de quoi il s'agit, s'empressent de demander : Que faut-il donc faire ? Rien ne serait plus louable , si s'était dans l'impatience d'en venir à l'exécution, mais c'est pour se délivrer de l'orateur. Quoi qu'il en soit, voici quel est mon avis.

Avant tout , ô Athéniens ! il faut vous persuader que Philippe a rompu la paix , et qu'il nous fait la guerre , qu'il a de mauvais desseins contre nous, qu'il en veut à notre ville, à son sol, j'ajouterai même à ses dieux tutélaires ; eh ! puissent ces dieux le perdre et se venger ! Mais c'est surtout à notre gouvernement

πόλεσιν, οὐκ ἐφ᾽ ἑκάςου τῶν ἀμελουμένων ποιεῖ τὴν
αἴσθησιν εὐθέως, ἀλλ᾽ ἐπὶ τῷ κεφαλαίῳ τῶν πραγμάτων
ἀπαντᾷ.

Ὁρᾶτε Σέρριον καὶ Δορίσκον· ταῦτα γὰρ πρῶτον
ὠλιγωρήθη μετὰ τὴν εἰρήνην, ἃ πολλοῖς ὑμῶν οὐδὲ γνώ-
ριμά ἐςιν ἴσως. Ταῦτα μέντοι τότε ἐαθέντα καὶ παρο-
φθέντα, ἀπώλεσε Θρᾴκην, καὶ Κερσοβλέπτην, σύμμα-
χον ὄντα ὑμῶν. Πάλιν ταῦτ᾽ ἀμελούμενα ἰδὼν, καὶ
οὐδεμίας βοηθείας τυγχάνοντα παρ᾽ ὑμῶν, κατέσκαψε
Πορθμὸν, καὶ τυραννίδα ἀπαντικρὺ τῆς Ἀττικῆς ἐπε-
τείχιζεν ὑμῖν ἐν τῇ Εὐβοίᾳ. Ταύτης ὀλιγωρουμένης,
Μέγαρα ἑάλω παρὰ μικρόν. Οὐδὲν ἐφροντίσατε, οὐδ᾽
ἐπεςράφητε ἐπ᾽ οὐδενὶ τούτων, οὐδ᾽ ἐνεδείξασθε τοῦτ᾽
ὅτι οὐκ ἐπιτρέψετε ταῦτα ποιεῖν αὐτῷ. Ἀντρῶνας ἐπρίατο,
καὶ μετ᾽ οὐ πολὺν χρόνον, τὰ ἐν Ὠρεῷ πράγματ᾽ εἰλήφει.
Πολλὰ δὲ καὶ παραλείπω, Φεράς, τὴν ἐπ᾽ Ἀμβρακίαν
ὁδὸν, τὰς ἐν Ἤλιδι (2) σφαγάς, ἄλλα μυρία· οὐ γὰρ ἵν᾽
ἐξαριθμήσωμαι τοὺς βεβιασμένους, καὶ τοὺς ἠδικημένους
ὑπὸ Φιλίππου, ταῦτα διεξῆλθον, ἀλλ᾽ ἵνα τοῦθ᾽ ὑμῖν
ἐπιδείξω, ὅτι οὐ ςήσεται πάντας μὲν ἀνθρώπους ἀδι-
κῶν, πάντα δ᾽ ὑφ᾽ αὑτῷ ποιούμενος Φίλιππος, εἰ μή
τις αὐτὸν κωλύσει.

Εἰσὶ δέ τινες, οἳ πρὶν ἀκοῦσαι τοὺς ὑπὲρ τῶν πραγμάτων λόγους, εὐθὺς εἰώθασιν ἐρωτᾷν, Τί οὖν χρὴ
ποιεῖν; οὐχ ἵνα ἀκούσαντες ποιήσωσι (χρησιμώτατοι
γὰρ ἂν ἦσαν ἁπάντων), ἀλλ᾽ ἵνα τοῦ λέγοντος ἀπαλλα-
γῶσι. Δεῖ δ᾽ ὅμως εἰπεῖν ὅ, τι χρὴ ποιεῖν.

Πρῶτον μὲν, ὦ ἄνδρες Ἀθηναῖοι, τοῦτο παρ᾽ ὑμῖν
αὐτοῖς βεβαίως γνῶναι, ὅτι τῇ πόλει Φίλιππος πολεμεῖ,
καὶ τὴν εἰρήνην λέλυκε, καὶ κακόνους μὲν καὶ ἐχθρός
ἐςιν ὅλῃ τῇ πόλει, καὶ τῷ τῆς πόλεως ἐδάφει, προσ-
θήσω δὲ, καὶ τοῖς ἐν τῇ πόλει θεοῖς, οἵπερ αὐτὸν ἐξ-

ολέσειαν! οὐδενὶ μέντοι μᾶλλον ἢ τῇ πολιτεία πολεμεῖ,
οὐδ᾽ ἐπιβουλεύει καὶ σκοπεῖ μᾶλλον οὐδὲν τῶν ἁπάντων,
ἢ ὅπως ταύτην καταλύσῃ. Καὶ τοῦτ᾽ ἐξ ἀνάγκης τρόπον τινὰ νῦν γε δὴ ποιεῖ. Λογίζεσθε γάρ· ἄρχειν βούλεται, τούτου δ᾽ ἀνταγωνιστὰς μόνους ὑπείληφεν ὑμᾶς.
Ἀδικεῖ πολὺν ἤδη χρόνον, καὶ τοῦτ᾽ αὐτὸς ἄριστα σύνοιδεν ἑαυτῷ· οἷς γὰρ οὖσιν ὑμετέροις ἔχει χρῆσθαι,
τούτοις ἅπαντα τἄλλα βεβαίως κέκτηται· εἰ γὰρ Ἀμφίπολιν καὶ Ποτίδαιαν πρόοιτο, οὐδ᾽ ἂν ἐν Μακεδονία
μένειν ἀσφαλῶς ἡγεῖτο. Ἀμφότερα οὖν οἶδε, καὶ αὐτὸν
ὑμῖν ἐπιβουλεύοντα, καὶ ὑμᾶς αἰσθανομένους· εὖ φρονεῖν δ᾽ ὑμᾶς ὑπολαμβάνων, δικαίως μισεῖν αὐτὸν ἡγεῖται.
Πρὸς δὲ τούτοις τοιούτοις οὖσιν, οἶδεν ἀκριβῶς, ὅτι
οὐδὲ ἂν ἁπάντων τῶν ἄλλων γένηται κύριος, οὐδὲν ἔσθ᾽
αὐτῷ βεβαίως ἔχειν ἕως ἂν ὑμεῖς δημοκρατῆσθε. Ἀλλ᾽,
ἐάν ποτε συμβῇ τι πταῖσμα (πολλὰ δ᾽ ἂν γένοιτο ἀνθρώπῳ), ἥξει πάντα τὰ νῦν βεβιασμένα καὶ καταφεύ-
ξεται πρὸς ὑμᾶς. Ἐστὲ γὰρ ὑμεῖς οὐκ αὐτοὶ πλεονεκτῆσαι
καὶ κατασχεῖν ἀρχὴν εὖ πεφυκότες, ἀλλ᾽ ἕτερον λαβεῖν
κωλῦσαι, καὶ τὸν ἔχοντ᾽ ἀφελέσθαι, καὶ ὅλως ἐνοχλῆσαι
τοῖς ἄρχειν βουλομένοις, καὶ πάντας ἀνθρώπους εἰς
ἐλευθερίαν ἐξελέσθαι, δεινοί. Οὔκουν βούλεται τοῖς
αὐτοῦ καιροῖς τὴν παρ᾽ ὑμῶν ἐλευθερίαν ἐφεδρεύειν, οὐ
κακῶς, οὐδ᾽ ἀργῶς ταῦτα λογιζόμενος. Πρῶτον μὲν δὴ,
τούτου δεῖ χάριν ἐχθρὸν ὑπειληφέναι τῆς πολιτείας καὶ
τῆς δημοκρατίας ἀδιάλλακτον ἐκεῖνον· δεύτερον δὲ εἰδέναι σαφῶς ὅτι πάνθ᾽ ὅσα πραγματεύεται καὶ κατασκευά-
ζεται νῦν, ἐπὶ τὴν ἡμετέραν πόλιν παρασκευάζεται. Οὐ
γὰρ οὕτως εὐήθης ἐστὶ ὑμῶν οὐδείς, ὥστ᾽ ὑπολαμβάνειν
τὸν Φίλιππον, τῶν μὲν ἐν Θράκῃ κακῶν (τί γὰρ ἂν
ἄλλα τις εἴποι Δρογγίλον, καὶ Καβύλην, καὶ Μάστειραν,
καὶ ἃ νῦν φασὶν αὐτὸν ἔχειν;) τούτων μὲν ἐπιθυμεῖν,

qu'il en veut ; c'est à le détruire que tendent tous ses projets.
Et c'est maintenant pour lui une sorte de nécessité d'agir contre
vous. Car , raisonnons : il voudrait dominer ; or, comme il vous
croit seuls capables de lui disputer l'empire, c'est vous seuls
qu'il attaque depuis long-temps. Et il ne peut se dissimuler ses
torts à votre égard, puisque les places qu'il vous a prises,
Amphipolis et Potidée, lui servent à couvrir ses frontières, et
que, sans elles, il ne se croirait pas en sûreté dans son royaume.
Il sait donc également, et qu'il cherche à vous perdre, et que
vous pénétrez son dessein. Comme il ne vous juge pas dépourvus
d'intelligence, il sent que vous n'avez que trop sujet de le haïr.
Outre ces motifs, ajoutez encore qu'il ne peut ignorer que,
quand même il s'emparerait de tout le reste, il ne sera jamais
possesseur tranquille, tant que vous vivrez sous les lois de la démocratie ; mais que, dans un revers de fortune, comme il peut
lui en arriver, les peuples, qui ne le suivent maintenant que
par force, se jetteront entre vos bras. Vous êtes portés par caractère, non à vous agrandir, non à usurper la domination,
mais à empêcher qu'un autre ne l'usurpe ; à l'en dépouiller,
s'il s'en est saisi, et, en général, à traverser les projets des
ambitieux, et à vouloir que tous les hommes soient libres.
Philippe ne veut donc pas, et c'est raisonner en habile politique,
non, il ne veut pas avoir continuellement à craindre de notre
amour pour la liberté. Nous devons donc d'abord le regarder
comme ennemi irréconciliable de tout gouvernement démocra-
tique, et ensuite tenir pour certain que c'est contre Athènes
qu'il dispose et dirige toutes ses batteries. Nul de vous, en effet,
n'est assez simple pour croire que de misérables villages dans la
Thrace (car de quel autre nom appeler Drongile, Cabyle,
Mastire, et d'autres places dont maintenant on le dit maître),
que de telles conquêtes fassent l'objet de ses vœux, et que pour
elles il brave frimas, travaux, dangers. Quoi ! les ports d'Athènes,
ses arsenaux, ses navires, son territoire, toute cette splendeur

et toute cette puissance, dont aux dieux ne plaisent que ni lui ni aucun autre nous dépouille jamais! il les regarderait sans envie, il vous en laisserait possesseurs paisibles; et pour le seigle et le millet de la Thrace, il irait s'ensevelir dans des contrées affreuses, au milieu des glaces et des neiges! Non, il n'en est pas ainsi; mais c'est pour s'emparer de notre ville et de tous les avantages dont nous jouissons, qu'il agit dans la Thrace et ailleurs.

Pénétrés de cette vérité, n'allez pas, ô Athéniens! exiger d'un orateur, plein de zèle et de droiture, qu'il propose la guerre dans un décret : ce serait non vouloir les intérêts de la république, mais chercher à qui vous en prendre si vous êtes malheureux. En effet, si la première, la seconde, la troisième fois que Philippe viola les traités, qu'il a enfreints à plusieurs reprises, quelqu'un eût proposé, dans un décret, d'armer contre lui, et que ce prince eût secouru les Cardiens comme il fait à présent, sans qu'aucun de nous ait proposé de l'attaquer, n'exterminerait-on pas l'auteur d'un pareil décret? ne lui imputerait-on pas le secours donné aux Cardiens? Ne cherchez donc point un ministre que vous puissiez punir des injustices de Philippe, et livrer aux fureurs de ses créatures. Et quand une fois vous aurez de vous-mêmes résolu la guerre, alors, sans disputer davantage pour savoir si l'on devait prendre ce parti, défendez-vous avec la même ardeur que le prince vous attaque; fournissez à vos troupes de la Chersonèse de l'argent et d'autres secours; contribuez chacun de vos biens, ayez des troupes, des galères, de la cavalerie, des vaisseaux pour la transporter, en un mot, tout ce que la guerre exige. Car votre conduite actuelle n'est pas raisonnable; et tout ce que Philippe peut souhaiter, c'est de vous voir toujours les mêmes, toujours indé-

καὶ ὑπὲρ τοῦ ταῦτα λαβεῖν, καὶ πόνους, καὶ χειμῶνας,
καὶ τοὺς ἐσχάτους κινδύνους ὑπομένειν, τῶν δ' Ἀθή-
νῃσι λιμένων, καὶ νεωρίων, καὶ τριηρῶν, καὶ τῶν ἔργων
τῶν ἀργυρείων, καὶ τοσούτων προσόδων, καὶ τόπων,
καὶ δόξης (ὧν μήτ' ἐκείνῳ, μήτ' ἄλλῳ γένοιτο μηδενί,
χειρωσαμένῳ τὴν πόλιν τὴν ἡμετέραν, κυριεῦσαι) οὐκ
ἐπιθυμεῖν, ἀλλὰ ταῦτα μὲν ὑμᾶς ἐάσειν ἔχειν, ὑπὲρ δὲ
τῶν μελινῶν καὶ τῶν ὀλυρῶν τῶν ἐν τοῖς Θρακίοις σιρ-
ροῖς, ἐν τῷ βαράθρῳ χειμάζειν. Οὐκ ἔςι ταῦτα· ἀλλὰ
κἀκεῖνα ὑπὲρ τοῦ τούτων γενέσθαι κύριος, καὶ τὰ ἄλλα
πάντα πραγματεύεται.

Ταῦτα τοίνυν ἕκαςον εἰδότα καὶ γιγνώσκοντα παρ'
αὑτῷ, δεῖ, μὰ Δί', οὐ γράψαι κελεύειν πόλεμον τὸν τὰ
βέλτιςα ἐπὶ πᾶσι δικαίοις συμβουλεύοντα· τοῦτο μὲν
γάρ ἐςιν ὅτῳ μὴ πολεμήσετε λαβεῖν βουλομένων, οὐχ ἃ
τῇ πόλει συμφέρει πράττειν. Ὁρᾶτε γὰρ, εἰ δι' ἃ πρῶτα
παρεσπόνδησε Φίλιππος, ἢ δεύτερα, ἢ τρίτα (πολλὰ γάρ
ἐςιν ἐφεξῆς), ἔγραψέ τις αὐτῷ πολεμεῖν, ὁ δ' ὁμοίως,
ὥσπερ νῦν, οὐ γράφοντος Ἀθηναίων οὐδενὸς πόλεμον,
Καρδιανοῖς ἐβοήθει· οὐκ ἀνηρπασμένος ἂν ἦν ὁ ταῦτα
γράψας, καὶ αὐτό γε τοῦθ' ἅπαντες ᾐτιῶντ' ἂν αὐτὸν
Καρδιανοῖς βεβοηθηκέναι; Μὴ τοίνυν ζητεῖτε ὄντινα, ἀνθ'
ὧν Φίλιππος ἐξαμαρτάνει, μισήσετε, καὶ τοῖς παρ'
ἐκείνου μισθαρνοῦσι διασπάσασθαι παραβαλεῖτε· μηδ'
αὐτοὶ χειροτονήσαντες πόλεμον, βούλεσθε παρ' ὑμῖν
αὐτοῖς ἐρίζειν, εἰ δέον ἢ μὴ δέον ὑμᾶς τοῦτο πεποιηκέ-
ναι· ἀλλ' ὃν ἐκεῖνος πολεμεῖ τρόπον, τοῦτ' ἀμύνεσθε,
τοῖς μὲν ἀμυνομένοις ἤδη, χρήματα, καὶ τἆλλα ὧν
δέωνται, διδόντες, αὐτοὶ δ' εἰσφέροντες, ὦ ἄνδρες
Ἀθηναῖοι, καὶ κατασκευαζόμενοι ςράτευμα, τριήρεις
ταχείας, ἵππους, ἱππαγωγούς, καὶ τἆλλα ὅσα εἰς πόλεμον. Ἐπεὶ νῦν γε γέλως ἔσθ' ὡς χρώμεθα τοῖς πράγ-

μασι, καὶ Φίλιππον δὲ αὐτὸν οἶμαι οὐδὲν ἂν ἄλλο, μὰ
τοὺς Θεοὺς, εὔξασθαι ποιεῖν τὴν πόλιν, ἢ ταῦτα ἃ νῦν
ποιεῖτε. Ὑστερίζετε, ἀναλίσκετε, ὅτῳ παραδώσετε τὰ
πράγματα ζητεῖτε, δυσχεραίνετε, ἀλλήλους αἰτιᾶσθε·
Ἀφ' ὅτου δὲ ταῦτα γίγνεται, ἐγὼ διδάξω, καὶ ὅπως
παύσεται λέξω. Οὐδὲν πώποτε, ὦ ἄνδρες Ἀθηναῖοι,
τῶν πραγμάτων ἐξ ἀρχῆς ἐνεστήσασθε, οὐδὲ κατεσκευά-
σασθε ὀρθῶς, ἀλλὰ τὸ συμβαῖνον ἀεὶ διώκετε· εἶτ',
ἐπειδὰν ὑστερίσητε, παύεσθε. Ἕτερον πάλιν ἐὰν συμβῇ
τι, παρασκευάζεσθε καὶ θορυβεῖσθε. Τὸ δ' οὐχ οὕτως
ἔχει. Οὐκ ἔνεστι βοηθείαις χρωμένους οὐδὲν τῶν δεόντων
πώποτε πρᾶξαι· ἀλλὰ κατασκευάσαντας δεῖ δύναμιν καὶ
τροφὴν ταύτῃ πορίσαντας, καὶ ταμίας δημοσίους, καὶ
ὅπως ἔνι τὴν τῶν χρημάτων φυλακὴν ἀκριβεστάτην γενέσθαι, οὕτω ποιήσαντας, τὸν μὲν τῶν χρημάτων λόγον
παρὰ τούτων λαμβάνειν, τὸν δὲ τῶν ἔργων, παρὰ τοῦ
στρατηγοῦ, καὶ μηδεμίαν πρόφασιν τοῦ πλεῖν ἄλλοσε, ἢ
πράττειν ἄλλο τι, τῷ στρατηγῷ καταλείπειν. Ἂν δ' οὕτω
ποιήσετε, καὶ τοῦτο ἐθελήσητε, ὡς ἀληθῶς ἄγειν εἰρήνην
δικαίαν καὶ μένειν ἐπὶ τῆς αὑτοῦ Φίλιππον ἀναγκάσετε,
ἢ πολεμήσετε ἐξίσου. Καὶ ἴσως ἄν, ἴσως, ὦ ἄνδρες Ἀθηναῖοι, ὥσπερ ὑμεῖς νῦν πυνθάνεσθε, Τί ποιεῖ Φίλιππος,
καὶ, Ποῖ πορεύεται· οὕτως ἐκεῖνος φροντίσει ποῖ ποτε ἡ
τῆς πόλεως ἀπῆρκε δύναμις, καὶ ποῦ φανήσεται.

Εἰ δὲ τῷ δοκεῖ ταῦτα, καὶ δαπάνης πολλῆς, καὶ
πόνων πολλῶν, καὶ πραγματείας εἶναι, καὶ μάλα ὀρθῶς
δοκεῖ· ἀνάγκη γὰρ, ἀνάγκη πολλ' ἐκ τοῦ πολέμου γίγνεσθαι τὰ δυσχερῆ· ἀλλ' ἐὰν λογίσηται τὰ τῇ πόλει μετὰ
ταῦτα γενησόμενα, ἐὰν ταῦτα μὴ ἐθέλῃ ποιεῖν, εὑρήσει
λυσιτελοῦν τὸ ἑκόντας ποιεῖν τὰ δέοντα. Εἰ μὲν γὰρ ἐστί
τις ἐγγυητὴς ἡμῖν Θεῶν (οὐ γὰρ ἀνθρώπων γε οὐδεὶς
ἂν γένοιτο ἀξιόχρεως τηλικούτου πράγματος), ὡς ἐὰν

cis, vous épuisant toujours en dépenses inutiles, toujours em-
barrassés sur le choix de vos généraux, vous emportant toujours,
et vous accusant les uns les autres. Remontons à la source du
mal, et voyons le remède. Vous attendez à l'extrémité, et,
jamais prêts quand il le faut, vous ne marchez que quand vous
apprenez un événement ; vous arrivez trop tard, et vous retombez dans l'inaction. Autre événement qui survient ; nouvelles
mesures prises en tumulte. Mais ce n'est pas là le moyen de
réussir. Non, vous ne ferez jamais rien à propos avec des milices levées à la hâte. Il faut avoir une armée sur pied, lui fournir des vivres et une caisse militaire, prendre des mesures pour
que cette caisse soit bien régie, faire rendre compte à vos
questeurs de l'administration des deniers, ainsi qu'à votre général des opérations de la campagne, sans lui laisser aucun
prétexte d'aller ailleurs, ou de faire autre chose que ce qui lui
est prescrit. Agissez sans délai conformément à ce plan, et vous
forcerez le monarque à observer les conditions de la paix, à se
renfermer dans la Macédoine, ou du moins vous le combattrez
à forces égales. Vous demandez aujourd'hui : Que fait Philippe ?
où marche-t-il ? Peut-être, Athéniens, peut-être demandera-t-il
alors avec la même inquiétude : Où est descendue l'armée d'A-
thènes ? où va-t-elle ?

On ne peut suivre un tel plan, dira quelqu'un, sans qu'il
n'en résulte de grandes dépenses, beaucoup de soins et de
peines. Je l'avoue, et il n'est que trop vrai que la guerre entraîne de grands embarras : mais, en supputant les maux qui
ne manqueront pas de fondre sur notre ville, si nous refusons
de prendre le parti convenable, on verra qu'il est de notre
avantage de nous y porter avec zèle. Oui, quand même un dieu
(ici la parole d'aucun mortel ne pourrait suffire), quand même
un dieu nous répondrait que, quoique vous restiez dans l'inac-

tion et que vous abandonniez tout à Philippe, ce prince ne finira point par nous attaquer, il serait honteux cependant, j'en atteste tout l'Olympe, il serait indigne de la gloire de notre république, et des grands exploits de nos ancêtres, de sacrifier à notre repos la liberté de tous les autres Grecs. Pour moi, j'aimerais mieux mourir que de vous donner un pareil conseil. Si un autre vous le donne et qu'il vous persuade, à la bonne heure, n'armez point, abandonnez tout. Mais s'il n'est personne qui ne rejette ce lâche sentiment, si nous prévoyons tous que plus nous laisserons Philippe étendre ses conquêtes, plus nous trouverons en lui un ennemi puissant et redoutable; pourquoi différer? Pourquoi temporiser? Attendons-nous, pour agir, que la nécessité nous presse? Mais ce qui est vraiment une nécessité pour des hommes libres, nous presse depuis long-temps, et n'a plus besoin d'être attendu : loin de nous cette autre espèce de nécessité faite pour les seuls esclaves! Et en quoi l'esclave diffère-t-il ici de l'homme libre? Pour l'un, la nécessité la plus pressante, c'est l'appréhension du déshonneur, et je ne vois pas qu'on puisse en imaginer de plus forte : pour l'autre, c'est la crainte du châtiment. Puissiez-vous, Athéniens, ne jamais connaître cette dernière! il n'est pas même séant d'en parler.

Ne se porter qu'avec lenteur à aider la patrie de sa personne et de sa fortune, ce n'est pas une conduite louable : non, il s'en faut beaucoup ; on peut néanmoins l'excuser par quelque prétexte. Mais ne rien vouloir entendre, ne point vouloir délibérer sur des objets essentiels, c'est une indifférence inexcusable. Vous ne nous écoutez, comme vous faites aujourd'hui, que quand le péril presse, et vous ne prenez jamais conseil à loisir. Lorsque Philippe arme contre vous, négligeant d'armer à son exemple, et de vous mettre en marche, vous restez oisifs, et vous fermez la bouche à l'orateur qui vous exhorte à sortir de

ἄγηθ᾽ ἡσυχίαν καὶ ἅπαντα πρόησθε, οὐκ ἐπ᾽ αὐτοὺς
ὑμᾶς τελευτῶν ἐκεῖνος ἥξει, αἰσχρὸν μὲν, νὴ τὸν Δία
καὶ πάντας τοὺς θεοὺς, καὶ ἀνάξιον ὑμῶν, καὶ τῶν
ὑπαρχόντων τῇ πόλει, καὶ τῶν πεπραγμένων τοῖς προγόνοις, τῆς ἰδίας ῥαθυμίας ἕνεκα, τοὺς ἄλλους Ἕλληνας
ἅπαντας εἰς δουλείαν προέσθαι· καὶ ἔγωγε αὐτὸς μὲν
τεθνάναι μᾶλλον ἂν ἢ ταῦτ᾽ εἰρηκέναι βουλοίμην. Οὐ
μὴν ἀλλ᾽ εἴ τις ἄλλος λέγει, καὶ ὑμᾶς πείθει, ἔςω· μὴ
ἀμύνεσθε· ἅπαντα πρόεσθε. Εἰ δὲ μηδενὶ τοῦτο δοκεῖ,
τοὐναντίον δὲ πρόϊσμεν ἅπαντες ὅτι ὅσῳ ἂν πλειόνων
ἐάσωμεν ἐκεῖνον γενέσθαι κύριον, τοσούτῳ χαλεπωτέρῳ
καὶ ἰσχυροτέρῳ χρησόμεθα ἐχθρῷ, τί ἀναδυόμεθα; ἢ
τί μέλλομεν; ἢ πότε, ὦ ἄνδρες Ἀθηναῖοι, τὰ δέοντα
ποιεῖν ἐθελήσομεν; ὅταν, νὴ Δί᾽, ἀνάγκη τις ᾖ; ἀλλ᾽ ἣν
μὲν ἄν τις ἐλευθέρων ἀνθρώπων ἀνάγκην εἴποι, οὐ
μόνον ἤδη πάρεςιν, ἀλλὰ καὶ πάλαι παρελήλυθε· τὴν
δὲ τῶν δούλων, ἀπεύχεσθαι δήπου μὴ γενέσθαι δεῖ.
Διαφέρει δὲ τί; ὅτι ἔςιν ἐλευθέρῳ μὲν ἀνθρώπῳ μεγίςη
ἀνάγκη, ἡ ὑπὲρ τῶν γιγνομένων αἰσχύνη· καὶ μείζω
ταύτης οὐκ οἶδα, ἥντινα ἂν εἴποι τις. Δούλῳ δὲ, πλη-
γαί, καὶ ὁ τοῦ σώματος αἰκισμός· ὃ μήτε γένοιτο, οὔτε
λέγειν ἄξιον.

Τὸ μὲν τοίνυν, ὦ ἄνδρες Ἀθηναῖοι, πρὸς τὰ τοιαῦτα
ὀκνηρῶς διακεῖσθαι, ἃ δεῖ τοῖς σώμασι καὶ τοῖς οὖσι
λειτουργῆσαι ἕκαςον, ἔςι μὲν οὐκ ὀρθῶς ἔχον (οὐδὲ
πολλοῦ δεῖ), οὐ μὴν ἀλλ᾽ ἔχει γέ τινα πρόφασιν ὅμως·
τὸ δὲ μὴ δ᾽ ὅσα ἀκοῦσαι δεῖ, μὴ δ᾽ ὅσα βουλεύσασθαι
προσήκει, μηδὲ ταῦτ᾽ ἐθέλειν ἀκούειν, μηδὲ βουλεύεσθαι·
τοῦτ᾽ ἤδη πᾶσαν ἐπιδέχεται κατηγορίαν. Ὑμεῖς τοίνυν
οὔτ᾽ ἀκούειν πρὶν ἂν (ὥσπερ νῦν) αὐτὰ παρῇ τὰ
πράγματα οὔτε βουλεύεσθαι περὶ οὐδενὸς εἰώθατε ἐφ᾽
ἡσυχίας· ἀλλ᾽ ὅταν μὲν ἐκεῖνος παρασκευάζηται ἐφ᾽

ὑμᾶς, ἀμελήσαντες τοῦ ποιεῖν τοῦτο, καὶ ἀντιπαρα-
σκευάζεσθαι, ῥαθυμεῖτε, καὶ ἐάν τι λέγῃ τις, ἐκβάλλετε·
ἐπειδὰν δὲ ἀπολωλὸς, ἢ παλιορκούμενόν τι πύθησθε,
τηνικαῦτ' ἀκροᾶσθε καὶ παρασκευάζεσθε. Ἦν δ' ἀκη-
κοέναι μὲν καὶ βεβουλεῦσθαι τότε καιρὸς, ὅθ' ὑμεῖς οὐκ
ἠθελήσατε, πράττειν δὲ καὶ χρῆσθαι τοῖς παρεσκευα-
σμένοις, νῦν ἡνίκ' ἀκούετε. Τοιγαροῦν ἐκ τῶν τοιούτων
ἐθῶν, μόνοι τῶν πάντων ἀνθρώπων ὑμεῖς τοὐναντίον
τοῖς ἄλλοις ποιεῖτε. Οἱ μὲν γὰρ ἄλλοι πάντες ἄνθρωποι,
πρὸ τῶν πραγμάτων εἰώθασι χρῆσθαι τῷ βουλεύεσθαι,
ὑμεῖς δὲ μετὰ τὰ πράγματα.

Ὁ δὴ λοιπόν ἐστι, καὶ πάλαι μὲν ἔδει, διαφέρει δὲ
οὐδὲ νῦν, τοῦτ' ἐρῶ. Οὐδενὸς τῶν πάντων οὕτως ὡς
χρημάτων δεῖ τῇ πόλει πρὸς τὰ νῦν ἐπιόντα πράγματα.
Συμβέβηκε δ' εὐτυχήματα ἀπὸ ταυτομάτου, οἷς ἂν
χρησώμεθα ὀρθῶς, ἴσως ἂν γένοιτο τὰ δέοντα. Πρῶτον
μὲν γὰρ, οἷς (3) βασιλεὺς πιστεύει, καὶ εὐεργέτας
ὑπείληφεν αὑτοῦ, οὗτοι μισοῦσι, καὶ πολεμοῦσι Φιλίππῳ. Ἔπειθ' ὁ πράττων, καὶ συνειδὼς (4) πάνθ' ὅσα
Φίλιππος κατὰ βασιλέως παρασκευάζεται, οὗτος ἀνάρ-
παστος γέγονε, καὶ πάσας τὰς πράξεις βασιλεὺς, οὐχ
ἡμῶν κατηγορούντων, ἀκούσεται (οὓς ὑπὲρ τοῦ συμφέροντος ἂν ἡγήσαιτο τοῦ ἰδίου λέγειν) ἀλλὰ τοῦ πράξαν-
τος αὑτοῦ καὶ διοικοῦντος· ὥστ' εἶναι πιστὰς τὰς κατηγορίας, καὶ λοιπὸν λόγον εἶναι τοῖς παρ' ὑμῶν πρέσβεσιν,
ὃν βασιλεὺς ἥδιστα ἂν ἀκούσαιτο· ὡς τὸν ἀμφοτέρους
ἀδικοῦντα κοινῇ τιμωρήσασθαι δεῖ, καὶ ὅτι πολὺ τῷ
βασιλεῖ φοβερώτερος ἔσθ' ὁ Φίλιππος, ἂν προτέροις
ἡμῖν ἐπίθηται· εἰ γὰρ ἐγκαταλειπόμενοί τι πεισόμεθα
ἡμεῖς, ἀδεῶς ἐπ' ἐκεῖνον ἤδη πορεύσεται. Ὑπὲρ δὴ τούτων ἁπάντων οἶμαι δεῖν ὑμᾶς πρεσβείαν ἐκπέμπειν,
ἥτις τῷ βασιλεῖ διαλέξεται, καὶ τὴν ἀβελτερίαν ἀποθέ-

votre inaction. Vous apprend-on le siége ou la prise d'une place,
vous écoutez alors, vous armez à la hâte. Mais lorsque vous
refusiez de nous entendre, c'était le temps d'écouter nos discours, de prendre une résolution; et maintenant que vous
demandez conseil, vous devriez être en campagne, faire tête à
l'ennemi. Il arrive de là que, tout au contraire des autres hommes qui délibèrent pour prévenir le mal, vous ne délibérez que
quand le mal est fait.

Il nous reste une ressource que nous avons trop négligée jusqu'à ce jour, et dont nous sommes encore à temps de profiter.
La république a surtout besoin d'argent dans la conjoncture présente. Or, je remarque un concours de circonstances heureuses,
dont nous pouvons tirer un grand parti. Les peuples en qui le
roi de Perse met sa confiance, et auxquels il reconnaît même
avoir des obligations, mécontens de Philippe, agissent contre
lui. D'ailleurs, le confident et l'agent des desseins du roi de
Macédoine sur la Perse, venant d'être arrêté, le monarque sera
instruit de tous le mystère, non par nous dont le rapport
pourrait être suspect, mais par celui même qui conduisait l'in-
trigue, et qui lui en révélera le secret. Il ajoutera donc foi aux
alarmes que nous chercherons à lui donner, et nos députés
n'auront plus à lui tenir que des discours qu'il écoutera sans
peine. Liguons-nous, lui diront-ils, contre un ennemi qui est
aussi le vôtre : Philippe vous sera bien plus redoutable lorsqu'il
nous aura vaincus; il marchera hardiment contre vous, si, faute
de secours, nous venons à succomber. D'après ces motifs, ô Athéniens! envoyons une ambassade au roi de Perse pour conférer
avec lui, sans écouter ce qu'on répète depuis si long-temps,
c'est un barbare, c'est l'ennemi commun des Grecs; sans consulter, en un mot, ces vieux préjugés qui nous ont déjà nui plus

d'une fois. Pour moi, quand je vois quelqu'un redouter un prince enfermé dans son palais de Suze et d'Ecbatane, prétendre qu'il a de mauvais desseins contre notre république, lui qui l'avait déjà aidée à se rétablir, et qui tout récemment encore lui offrait de grands avantages qu'elle pouvait accepter; quand je vois, dis-je, quelqu'un redouter ce monarque, et ne rien appréhender du brigand qui étend sa puissance dans le sein de la Grèce et jusqu'à nos portes, j'en suis surpris, et je crains un homme, quel qu'il puisse être, qui ne craint pas Philippe.

Mais parlerai-je de ce qui est parmi nous un sujet inépuisable de querelles et d'altercations; de ce qui fournit un prétexte à ceux qui voudraient se soustraire aux devoirs de citoyens; de ce qui est regardé comme un obstacle à ce que la république soit servie à propos, et qui cependant devrait contribuer à l'exactitude du service. Je tremble de toucher cet article; j'en parlerai cependant, d'autant plus que je me flatte de n'avoir rien à dire que de juste et d'avantageux pour l'État, et aux riches en faveur des pauvres, et aux pauvres en faveur des riches. Qu'on renonce, avant tout, à décrier sans raison, comme font quelques-uns, les distributions du théâtre, et qu'on cesse de craindre qu'elles ne puissent subsister qu'au détriment de la république. Cet usage, selon moi, doit être maintenu, comme propre à rétablir les affaires et à redonner une nouvelle force au corps entier de l'État. Suivez-moi, je vous en conjure. Je vais parler d'abord en faveur des pauvres.

Il n'y a pas long-temps que nos revenus ne montaient pas à plus de cent trente talens; toutefois nul de ceux qui pouvaient armer des vaisseaux, ou contribuer de leurs biens, ne se dispen-

σϑαι δι' ἣν πολλάκις ἠλαττώϑητε· ὁ δὴ βάρβαρος, καὶ
κοινὸς ἅπασιν ἐχϑρὸς, καὶ ἅπαντα τὰ τοιαῦτα. Ἐγὼ
γὰρ, ὅταν ἴδω τινὰ, τὸν μὲν ἐν Σούσοις καὶ ἐν Ἐκβατά-
νοις (5) δεδοικότα, καὶ κακόνουν εἶναι τῇ πόλει φάσκοντα, ὃς καὶ πρότερον συνεπηνώρϑωσε (6) τὰ τῆς
πόλεως πράγματα, καὶ νῦν ἐπηγγέλλετο (7) (εἰ δὲ μὴ
ἐδέχεσϑ' ὑμεῖς, ἀλλ' ἀπεψηφίζεσϑε, οὐ τάγε ἐκείνου
αἴτια), ὑπὲρ δὲ τοῦ ἐπὶ ταῖς ϑύραις ἐγγὺς οὑτωσὶ, ἐν
μέσῃ τῇ Ἑλλάδι αὐξανομένου, λῃστοῦ τῶν Ἑλλήνων,
ἄλλο τι λέγοντα, ϑαυμάζω, καὶ δέδοικα τοῦτον, ὅς τις
ἂν ᾖ ποτ', ἔγωγ', ἐπειδὴ οὐχ οὗτος Φίλιππον.

Ἐςὶ τοίνυν τι πρᾶγμα καὶ ἄλλο ὃ λυμαίνεται τὴν
πόλιν, ὑπὸ βλασφημίας ἀδίκου καὶ λόγων οὐ προσ-
ηκόντων διαβεβλημένον, εἶτα τοῖς μηδὲν τῶν δικαίων ἐν
τῇ πόλει βουλομένοις ποιεῖν, πρόφασιν παρέχει· καὶ πάντων, ὅσα ἐκλείπει, δέον παρὰ τοῦτο γίγνεσϑαι, ἐπὶ
τοῦϑ' εὑρήσετε τὴν αἰτίαν ἀναφερομένην. Περὶ οὖ πάνυ
μὲν φοβοῦμαι λέγειν, οὐ μὴν ἀλλ' ἐρῶ. Οἶμαι γὰρ ἕξειν
καὶ ὑπὲρ τῶν ἀπόρων τὰ δίκαια, ἐπὶ τῷ συμφέροντι τῆς
πόλεως, εἰπεῖν πρὸς τοὺς εὐπόρους, καὶ ὑπὲρ τῶν κε-
κτημένων τὰς οὐσίας πρὸς τοὺς ἐπιδεεῖς· εἰ ἀνέλοιμεν
ἐκ μέσου τὰς βλασφημίας, ἃς ἐπὶ τῷ ϑεωρικῷ ποιοῦνταί
τινες οὐχὶ δικαίως, καὶ τὸν φόβον, ὡς οὐ ςήσεται
τοῦτο ἄνευ μεγάλου τινὸς κακοῦ· οὗ οὐδὲν ἂν εἰς τὰ
πράγματα μεῖζον εἰσενεγκαίμεθα, οὐδ' ὅ, τι κοινῇ μᾶλλον
ἂν ὅλην ἐπιρρώσειε τὴν πόλιν (8). Οὑτωσὶ δὲ σκοπεῖτε
Ἐρῶ δὲ ὑπὲρ τῶν ἐν χρείᾳ δοκούντων εἶναι πρότερον.

Ἦν ποτ' οὐ πάλαι παρ' ὑμῖν ὅτ' οὐ προσῄει τῇ πόλει
τάλαντα ὑπὲρ τριάκοντα καὶ ἑκατόν (9)· καὶ οὐδεὶς ἦν
τῶν τριηραρχεῖν δυναμένων, οὐδὲ τῶν εἰσφέρειν, ὅςις
οὐκ ἠξίου τὰ καθήκοντα ἐφ' ἑαυτὸν ποιεῖν, ὅτι χρήματα
οὐ περιῆν· ἀλλὰ καὶ τριήρεις ἔπλεον, καὶ χρήματα

ἐγίγνετο, καὶ πάντα ἐποιοῦμεν τὰ δέοντα· μετὰ ταῦτὰ
ἡ τύχη, καλῶς ποιοῦσα, πολλὰ πεποίηκε τὰ κοινά, καὶ
τετρακόσια (10) ἀντὶ τῶν ἑκατὸν ταλάντων, προσέρχεται, οὐδενὸς οὐδὲν ζημιουμένου τῶν τὰς οὐσίας ἐχόντων,
ἀλλ' ἑκάστου προσλαμβάνοντος. Οἱ γὰρ εὔποροι πάντες
ἔρχονται μεθέξοντες τούτου, καὶ καλῶς ποιοῦσι (11).
Τί οὖν μαθόντες τοῦτο ὀνειδίζομεν ἀλλήλοις, καὶ προ-
φάσει χρώμεθα τοῦ μηδὲν τῶν δεόντων ποιεῖν; πλὴν εἰ
μὴ τῇ παρὰ τῆς τύχης βοηθείᾳ γεγονυίᾳ τοῖς ἀπόροις
φθονοῦμεν, οὓς οὔτ' ἂν αἰτιασαίμην ἔγωγε, οὔτ' ἄλλον
ἀξιῶ. Οὐδὲ γὰρ ἐν ταῖς ἰδίαις οἰκίαις ὁρῶ τὸν ἐν ἡλικίᾳ
πρὸς τοὺς πρεσβυτέρους οὕτω διακείμενον, οὐδ' οὕτως
ἀγνώμονα, οὐδ' ἄτοπον τῶν ὄντων οὐδένα, ὥστε, εἰ μὴ
ποιήσουσιν ἅπαντες ὅσ' ἂν αὐτός, οὐ φάσκοντα ποιήσειν οὐδὲν οὐδ' αὐτόν· καὶ γὰρ ἂν τοῖς τῆς κακώσεως εἴη
νόμοις οὕτω γε ἔνοχος· δεῖ γὰρ, οἶμαι, τοῖς γονεῦσι τὸν
ὡρισμένον ἐξ ἀμφοτέρων ἔρανον, καὶ παρὰ τῆς φύσεως
καὶ παρὰ τοῦ νόμου, δικαίως φέρειν, καὶ ἑκόντα ὑπο-
τελεῖν (12). Ὥσπερ τοίνυν ἑνὸς ἡμῶν ἑκάστου εἷς ἐστι
γονεύς, οὕτω συμπάσης τῆς πόλεως κοινοὺς δεῖ γονέας
τοὺς σύμπαντας ἡγεῖσθαι· καὶ προσήκει τούτους, οὐχ
ὅπως ὧν ἡ πόλις δίδωσιν ἀφελέσθαι τι, ἀλλ' εἰ καὶ μηδὲν
ἦν τούτων, ἄλλοθεν σκοπεῖν ὅπως μηδενὸς ὄντες ἐνδεεῖς
περιορθήσονται. Τοὺς μὲν τοίνυν εὐπόρους ταύτῃ χρωμένους τῇ γνώμῃ, οὐ μόνον ἡγοῦμαι τὰ δίκαια ποιεῖν
ἂν, ἀλλὰ καὶ τὰ λυσιτελῆ· τὸ γὰρ τῶν ἀναγκαίων τινὰς
ἀποστερεῖν, κοινῇ κακόνους ἐστὶ ποιεῖν πολλοὺς ἀνθρώπους τοῖς πράγμασι. Τοῖς δ' ἐν ἐνδείᾳ, δι' ὃ δυσχεραί-
νουσι τὸ πρᾶγμα οἱ τὰς οὐσίας ἔχοντες, καὶ κατηγο-
ροῦσι δικαίως, τοῦτ' ἀφελεῖν ἂν συμβουλεύσαιμι. Δίειμι
δὲ ὥσπερ ἄρτι τὸν αὐτὸν τρόπον, καὶ ὑπὲρ τῶν εὐπόρω'
ο ὐ κατοκνήσας εἰπεῖν τἀληθῆ. Ἐμοὶ γὰρ οὐδεὶς

sait de subvenir pour sa part aux besoins de la patrie, sous prétexte que l'argent était rare. Nous avions des vaisseaux en mer,
des fonds dans le trésor, et rien n'arrêtait nos projets. Depuis,
grâce à la fortune, nos revenus ont augmenté : ils montent aujourd'hui à quatre cents talens ; et, loin que les riches souffrent
de cette augmentation, elle tourne à leur profit, puisqu'ils y
participent, comme il est juste. Pourquoi donc nous reprocher
de part et d'autre un avantage qui est commun ? Serait-ce une
raison pour les riches de ne pas remplir leurs devoirs de citoyens ? ou envions-nous aux pauvres les secours que la fortune
leur présente ? Pour moi, je ne leur fais pas, et je ne crois pas
qu'on doive leur faire un reproche des secours qu'ils reçoivent.
Voit-on dans une famille les jeunes gens insulter à la faiblesse
des vieillards ? non, il n'en est aucun assez déraisonnable, assez
ingrat, pour cesser de travailler, si chacun n'en fait autant que
lui : un tel fils encourerait les peines portées par les lois contre
les enfans dénaturés. Nous devons payer volontiers à nos parens
la dette qui nous est justement imposée par la nature et par la
loi. Nous avons chacun un père ; tous les citoyens en corps sont,
en quelque manière, les pères communs de la république :
c'est sous ce titre qu'on doi les considérer ; et, loin de leur
ôter ce que l'État leur distribue, il faudrait même, si ces distributions manquaient, pourvoir a'ailleurs à leurs besoins. D'après
ces idées, que les riches craignent d'abolir un usage qu'ils doivent maintenir par esprit de justice, je dis même pour leur
propre avantage ; puisque priver du nécessaire une partie des
citoyens, c'est susciter beaucoup d'ennemis au gouvernement.
Mais aussi les pauvres doivent faire cesser les justes plaintes et
les appréhensions des riches ; car je vais parler en faveur des
uns, comme j'ai fait en faveur des autres, et je dirai sans
crainte ce que je pense. Il me semble qu'il n'est pas d'Athénien,

6

qu'il n'est pas d'homme assez dur, assez cruel, pour être fâché qu'on soulage l'indigence par de légères distributions. Où est donc ici la difficulté, et qu'est-ce qui indigne les riches? c'est de voir s'introduire l'abus de prendre le fonds de ces distributions, non dans le trésor, mais dans la bourse des particuliers; c'est de voir l'orateur qui le propose, devenir tout-à-coup un homme illustre, un homme immortel, s'il n'avait à craindre que vos sentences, puisque, condamné hautement dans les assemblées par la voix du peuple, il est toujours absous par les suffrages secrets du même peuple. Voilà ce qui rebute, voilà ce qui révolte : car enfin, Athéniens, il faut que, dans une société républicaine, on se rende une justice mutuelle; il faut que, d'un côté, les riches jouissent pour eux-mêmes de leur fortune sans crainte et avec assurance, et qu'ils l'abandonnent à la patrie dans ses périls; que, de l'autre, les pauvres ne regardent comme biens communs que ceux qui le sont, et que, contens d'en recevoir leur part, ils sachent que le bien d'un particulier est à lui seul. C'est par-là qu'une république s'agrandit et se conserve. Tels sont à-peu-près les devoirs des pauvres et des riches. Mais pour que tout se fît dans l'ordre, il y aurait encore d'autres abus à réformer. Il est sans doute plusieurs causes, et des causes fort anciennes de nos malheurs présens et de nos embarras actuels ; je vais les exposer, si l'on veut m'entendre.

On a renversé le fondement sur lequel vos pères avaient bâti la grandeur d'Athènes. Certains ministres vous ont persuadé qu'être à la tête des Grecs, avoir une armée prête à secourir tous ceux qu'on opprime, ce n'était qu'une source de peines et de dépenses. On vous a fait croire que, vivre dans le repos, ne vous donner aucun soin, céder tout en détail, laisser d'autres s'emparer de tout, c'était pour notre république la vraie féli-

ἄθλιος οὐδ᾽ ὠμὸς εἶναι δοκεῖ τὴν γνώμην (οὔκουν Ἀθηναίων γε, οἶμαι, ἀλλ᾽ οὐδὲ τῶν ἄλλων), ὥςε λυπεῖσθαι
ταῦτα λαμβάνοντας ὁρῶν τοὺς ἀπόρους καὶ τῶν ἀναγκαίων ἐνδεεῖς ὄντας. Ἀλλὰ ποῦ συντρίβεται τὸ πρᾶγμα,
καὶ ποῦ δυσχεραίνεται; Ὅταν τὸ ἀπὸ τῶν κοινῶν ἔθος,
ἐπὶ τὰ ἴδια μεταβιβάζοντας ὁρῶσί τινας, καὶ μέγαν μὲν
ὄντα παρ᾽ ὑμῖν εὐθέως τὸν λέγοντα, ἀθάνατον δ᾽ ἕνεκ᾽
ἀσφαλείας, ἑτέραν δὲ τὴν κρύβδην ψῆφον τοῦ φανερῶς
θορύβου (13). Ταῦτ᾽ ἀπιςίαν, ταῦτ᾽ ὀργὴν ἔχει. Δεῖ
γὰρ, ὦ ἄνδρες Ἀθηναῖοι, δικαίως ἀλλήλοις τῆς πολιτείας κοινωνεῖν· τοὺς μὲν εὐπόρους, εἰς μὲν τὸν βίον τὰ
ἑαυτῶν ἀσφαλῶς ἔχειν νομίζοντας, καὶ περὶ τούτων μὴ
δεδοικότας, εἰς δὲ τοὺς κινδύνους κοινὰ ὑπὲρ τῆς σωτηρίας τὰ ὄντα τῇ πατρίδι παρέχοντας· τοὺς δὲ λοιποὺς,
τὰ μὲν κοινὰ κοινὰ νομίζοντας, καὶ μετέχοντας τὸ μέρος,
τὰ δὲ ἑκάςου, ἴδια τοῦ κεκτημένου. Οὕτω καὶ μικρὰ
πόλις μεγάλη γίγνεται, καὶ μεγάλη σώζεται. Ὡς μὲν
οὖν εἴποι τις ἂν, ἃ παρ᾽ ἑκατέρων εἶναι δεῖ, ταῦτ᾽ ἴσως
ἐςιν· ὡς δὲ πάντα γένοιτ᾽ ἂν ἐννόμως, διορθώσασθαι
δεῖ καὶ ἄλλα. Τῶν δὲ παρόντων πραγμάτων καὶ τῆς ταραχῆς, πολλὰ πόρρωθέν ἐςι τὰ αἴτια, ἃ εἰ βουλομένοις
ὑμῖν ἀκούειν ἐςὶν, ἐθέλω λέγειν.

Ἐξέςητε, ὦ ἄνδρες Ἀθηναῖοι, τῆς ὑποθέσεως, ἐφ᾽
ἧς ὑμᾶς οἱ πρόγονοι κατέλιπον, καὶ τὸ μὲν προΐςασθαι
τῶν Ἑλλήνων, καὶ δύναμιν συνεςηκυῖαν ἔχοντας πᾶσι
τοῖς ἀδικουμένοις βοηθεῖν, περίεργον ἐπείσθητε εἶναι
καὶ μάταιον ἀνάλωμα ὑπὸ τῶν ταῦτα πολιτευομένων, τὸ
δ᾽ ἐν ἡσυχίᾳ διάγειν, καὶ μηδὲν τῶν δεόντων πράττειν,
ἀλλὰ προϊεμένους καθ᾽ ἓν ἕκαςον, πάντα ἑτέρους ἐᾶσαι
λαβεῖν, θαυμαςὴν εὐδαιμονίαν καὶ πολλὴν ἀσφάλειαν
ἔχειν οἴεσθε. Ἐκ δὲ τούτων παρελθὼν ἐπὶ τὴν τάξιν, ἐφ᾽
ἧς ὑμῖν τετάχθαι προσῆκεν, ἕτερος οὗτος εὐδαίμων,

καὶ μέγας, καὶ πολλῶν κύριος γέγονεν εἰκότως. Πρᾶγμα
γὰρ ἔντιμον, καὶ μέγα, καὶ λαμπρὸν, καὶ περὶ οὗ
πάντα τὸν χρόνον αἱ μέγιςαι τῶν πόλεων πρὸς αὐτὰς
διεφέροντο, Λακεδαιμονίων μὲν ἠτυχηκότων, Θηβαίων
δὲ ἀσχόλων διὰ τὸν Φωκικὸν πόλεμον γενομένων, ὑμῶν
δὲ ἀμελούντων, ἔρημον ἀνείλετο. Τοιγάρτοι τὸ μὲν
φοβεῖσθαι τοῖς ἄλλοις, τὸ δὲ συμμάχους πολλοὺς, καὶ
δύναμιν μεγάλην ἔχειν ἐκείνῳ περιγέγονε· καὶ τοσαῦτα
πράγματα καὶ τοιαῦτα ἤδη περιέςηκε τοὺς Ἕλληνας
ἅπαντας, ὥςε μὴ δ᾽ ὅ, τι χρὴ συμβουλεύειν εὔπορον
εἶναι. Ὄντων δ᾽, ὦ ἄνδρες Ἀθηναῖοι, τῶν παρόντων
πραγμάτων πᾶσιν, ὡς ἐγὼ κρίνω, φοβερῶν, οὐδένες
ἐν μείζονι κινδύνῳ τῶν πάντων εἰσὶν ὑμῶν, οὐ μόνον
τῷ μάλιςα ὑμῖν ἐπιβουλεύειν Φίλιππον, ἀλλὰ καὶ τῷ
πάντων ἀργότατα αὐτοὶ διακεῖσθαι. Εἰ τοίνυν τὸ τῶν
ὠνίων πλῆθος ὁρῶντες, καὶ τὴν εὐετηρίαν τὴν κατὰ ἀγορὰν, τούτοις κεκήλησθε, ὡς ἐν οὐδενὶ δεινῷ τῆς πόλεως
οὔσης, οὔτε προσηκόντως οὔτ᾽ ὀρθῶς τὸ πρᾶγμα κρίνετε·
ἀγορὰν μὲν γὰρ ἄν τις καὶ πανήγυριν ἐκ τούτων ἢ φαύλως ἢ καλῶς παρεσκευάσθαι κρίνοι, πόλιν δ᾽ ἣν ὑπείληφεν, ὃς ἂν τῶν Ἑλλήνων ἄρχειν ἀεὶ βούληται, μόνην ἂν
ἐναντιωθῆναι, καὶ τῆς πάντων ἐλευθερίας προςῆναι,
οὐ, μὰ Δί᾽, ἐκ τῶν ὠνίων, εἰ καλῶς ἔχει, δοκιμάζειν
δεῖ, ἀλλ᾽ εἰ συμμάχων εὐνοίᾳ πιςεύει, καὶ τοῖς ὅπλοις
ἰσχύει. Ταῦθ᾽ ὑπὲρ πόλεως δεῖ σκοπεῖν· ἃ φαύλως ὑμῖν
καὶ οὐ καλῶς ἅπαντ᾽ ἔχει.

Γνοίητε δ᾽ ἂν εἰ σκέψαισθε ἐκείνως, πότε μάλιςα ἐν
ταραχῇ τὰ τῶν Ἑλλήνων γέγονε πράγματα; οὐδένα γὰρ
χρόνον ἄλλον ἢ τὸν νυνὶ παρόντα οὐδ᾽ ἂν εἷς εἴποι· τὸν
μὲν γὰρ ἄλλον ἅπαντα, εἰς δύο ταῦτα διῄρητο τὰ τῶν
Ἑλλήνων, Λακεδαιμονίους καὶ ὑμᾶς, τῶν δ᾽ ἄλλων
Ἑλλήνων οἱ μὲν ἡμῖν, οἱ δὲ ἐκείνοις ὑπήκουον, βασιλεὺς

cité, et le moyen d'être à l'abri de tout péril. Un autre, en
conséquence, s'est saisi de votre place : il est heureux, il est
puissant, tout fléchit sous lui; et cela ne doit pas surprendre.
Il voyait Lacédémone abattue par ses malheurs, Thèbes occu-
pée de sa guerre avec la Phocide, Athènes ensevelie dans la
mollesse, personne ne se mettre en devoir de lui disputer cette
supériorité glorieuse qui, de tout temps avait fait la jalousie de
nos principales républiques ; il s'en est donc emparé comme
d'un poste vacant. De là, profitant de la frayeur des autres
peuples, il s'est fait un grand nombre d'alliés, s'est fortifié de
plus en plus; et la situation de tous les Grecs est devenue enfin
si fâcheuse, qu'on ne trouve pas même de remèdes à leurs
maux. Vous, surtout, Athéniens, vous êtes dans une situation
plus critique que les autres, non seulement parce que vous êtes
de tous les peuples celui que Philippe menace davantage, mais
encore celui qui néglige le plus les affaires. Si, en voyant les
denrées et tous les objets de commerce affluer de toutes parts
dans votre ville, vous croyez être heureux et n'avoir rien à
craindre, détrompez-vous. Que par cette abondance, on juge
de la richesse d'une foire où d'un marché, à la bonne heure ;
mais pour une république qui a la réputation de s'opposer seule
à quiconque veut dominer dans la Grèce, et de défendre en
chef la liberté commune, ce n'est point, certes, par l'abondance des denrées et de tous les objets de commerce, mais par
la force des armes, mais par le nombre et l'attachement de ses
alliés, qu'on doit estimer sa puissance. Oui, c'est par cela qu'il
faut juger d'une république, et c'est en cela que vous êtes le plus
mal pourvus.

Pour vous en convaincre, examinez les temps où la nation
fut agitée des plus grands troubles, et convenez qu'elle ne fut
jamais plus divisée qu'elle ne l'est de nos jours. Autrefois, deux
villes, Athènes et Lacédémone, partageaient toute la Grèce.
Le reste des Grecs se rangeait sous les enseignes de l'une ou de

l'autre. Le roi de Perse était également suspect à toûs ; les plus faibles auxquels il se joignait, ne lui restaient attachés que le temps nécessaire pour rétablir la balance ; après quoi, il n'était pas moins odieux aux peuples mêmes qui en avaient été secourus, qu'à ses plus anciens ennemis. Mais à présent, outre que ce prince est bien disposé pour les autres Grecs, et fort mal pour nous, à moins que nous ne changions à son égard, il s'élève de tous côtés plusieurs puissances qui aspirent toutes à la primauté. Les jalousies et les défiances réciproques ont divisé des peuples qui devraient être réunis. Chacun d'eux a ses intérêts à part, Argiens, Thébains, Corinthiens, Lacédémoniens, Arcadiens et nous. Or, de toutes les puissances qui partagent aujourd'hui la Grèce, la nôtre, s'il faut le dire, est celle dont les salles du sénat et les places publiques voient moins de ministres étrangers. Et cela doit être, personne n'étant porté à conférer avec nous, ni par amitié, ni par confiance, ni par crainte. Je vous l'ai déjà dit, Athéniens, nous ne péchons pas que dans un seul et unique objet (la réforme serait alors facile); mais nos fautes sont anciennes et de toute espèce. Il en est une à laquelle toutes les autres se rapportent : je citerai celle-là seule, sans me permettre de détails, après vous avoir priés de ne pas vous offenser de ma sincérité.

On a vendu vos intérêts, à mesure que les occasions se sont offertes : vous jouissez du repos et de l'indolence, dont les douceurs vous flattent, vous empêchent de sévir contre les traîtres ; tandis que d'autres jouissent de vos prérogatives honorables. Il n'est pas nécessaire de tout dire ; bornons-nous ici à ce qui regarde Philippe. Vient-on à parler de ce prince, un des orateurs se lève, et dit qu'il ne faut point agir sans réflexion, ni proposer légèrement la guerre. *Que la paix*, ajoute-t-il aussitôt, *est agréable ! Qu'il est fâcheux d'avoir à entretenir des troupes ! On cherche à*

δὲ καθ' αὑτὸν μὲν ἅπασιν ὁμοίως ἄπιϛος ἦν, τοὺς δὲ
κρατουμένους τῷ πολέμῳ προσλαμβάνων, ἄχρις οὗ τοῖς
ἑτέροις ἐξίσου ποιήϛαι, διεπιϛεύετο (14), ἔπειτ' οὐχ
ἧτττον αὐτὸν ἐμίσουν οὓς σώσειε τῶν ὑπαρχόντων ἐχθρῶν
ἐξ ἀρχῆς· νῦν δὲ πρῶτον μὲν βασιλεὺς ἅπασι τοῖς Ελ-
λησιν οἰκείως ἔχει, καὶ πάντων ἥκιϛα ἡμῖν (15), ἄν τι
μὴ νῦν ἐπανορθωσώμεθα. Επειτα προστασίαι πολλαὶ
καὶ πανταχόθεν γίγνονται· καὶ τοῦ πρωτεύειν ἀντιποι-
οῦνται μὲν ἅπαντες, ἀφεϛᾶσι δ' ἔνιοι, καὶ φθονοῦσι, καὶ
ἀπιϛοῦσιν ἑαυτοῖς, οὐχ ὡς ἔδει, καὶ γεγόνασι καθ'
αὑτοὺς ἕκαϛοι, Αργεῖοι, Θηβαῖοι, Κορίνθιοι, Λακεδαιμόνιοι, Αρκάδες, ἡμεῖς. Αλλ' ὅμως εἰς τοσαῦτα μέρη
καὶ τοσαύτας δυναϛείας διῃρημένων τῶν Ἑλληνικῶν
πραγμάτων (εἰ δεῖ τἀληθῆ μετὰ παρρησίας εἰπεῖν), τὰ
παρ' οὐδέσι τούτων ἀρχεῖα καὶ Βουλευτήρια, ἐρημότερα
ἄν τις ἴδοι τῶν Ἑλληνικῶν πραγμάτων, ἢ τὰ παρ' ὑμῖν,
εἰκότως (16)· οὔτε γὰρ φιλῶν, οὔτε πιϛεύων, οὔτε
φοβούμενος οὐδεὶς ὑμῖν διαλέγεται. Αἴτιον δὲ τούτων
οὐχ ἓν, ὦ ἄνδρες Αθηναῖοι (ῥᾴδιον γὰρ ἂν ἦν ἡμῖν
μεταθεῖναι), ἀλλὰ πολλὰ καὶ παντοδαπὰ ἐκ παντὸς
ἡμαρτημένα τοῦ χρόνου, ὧν τὸ καθέκαϛον ἐάσας, ἓν, εἰς
ὃ πάντα γε συντείνει, λέξω, δεηθεὶς ὑμῶν, ἂν λέγω
τἀληθῆ μετὰ παρρησίας, μηδὲν ἀχθεσθῆναί μοι.

Εκπέπραται τὰ συμφέροντα ἐφ' ἑκάϛου τῶν καιρῶν,
καὶ μετειλήφατε ὑμεῖς μὲν τὴν σχολὴν καὶ τὴν ἡσυχίαν,
ὑφ' ὧν κεκηλημένοι, τοῖς ἀδικοῦσιν οὐ πικρῶς ἔχετε,
ἕτεροι δὲ τὰς τιμὰς ἔχουσι. Καὶ τὰ μὲν περὶ τ' ἄλλα οὐκ
ἄξιον ἐξετάσαι νῦν· ἀλλ' ἐπειδάν τι τῶν πρὸς Φίλιππον
ἐμπέσῃ, εὐθὺς ἀναϛάς τις λέγει, ὡς οὐ δεῖ ληρεῖν, οὐδὲ
γράφειν πόλεμον, παραθεὶς εὐθέως, ἑξῆς, τὸ τὴν εἰρήνην ἄγειν ὡς ἀγαθὸν, καὶ τὸ τρέφειν δύναμιν μεγάλην
ὡς χαλεπὸν, καὶ διαρπάζειν τινὲς τὰ χρήματα βούλονται,

καὶ ἄλλους λόγους, ὡς οἴονται, ἀληθεςάτους λέγουσιν.

Ἀλλὰ δεῖ δήπου τὴν μὲν εἰρήνην ἄγειν οὐχ ὑμᾶς πεί-
θειν, οἵ γε πεπεισμένοι κάθησθε, ἀλλὰ τὸν τὰ τοῦ
πολέμου πράττοντα. Ἀν γὰρ ἐκεῖνος πεισθῇ, τά γε ἀφ'
ὑμῶν ὑπάρχει. Νομίζειν δὲ δεῖ χαλεπὰ, οὐχ ὅσα ἂν εἰς
σωτηρίαν δαπανῶμεν, ἀλλ' ἃ πεισόμεθα, ἂν ταῦτα μὴ
ἐθέλωμεν ποιεῖν. Καὶ τὸ διαρπασθήσεσθαι τὰ χρήματα,
τῷ φυλακὴν εὑρεῖν δι' ἧς σωθήσεται, κωλύειν, οὐχὶ τῷ
τοῦ συμφέροντος ἀφεςάναι. Καίτοι ἔγωγε ἀγανακτῶ
καὶ αὐτὸ τοῦτο, εἰ τὰ μὲν χρήματα λυπεῖ τινας ὑμῶν
εἰ διαρπασθήσεται, ἃ καὶ φυλάττειν, καὶ κολάζειν τοὺς
ἁρπάζοντας, ἐφ' ὑμῖν ἐςι· τὴν δὲ Ἑλλάδα ἅπασαν ἐφεξῆς
οὑτωσὶ Φίλιππος ἁρπάζων οὐ λυπεῖ, καὶ ταῦτα ἐφ' ὑμᾶς
ἁρπάζων.

Τί ποτ' οὖν, ὦ ἄνδρες Ἀθηναῖοι, τὸν μὲν οὕτω φανερῶς ἀδικοῦντα, καὶ πόλεις καταλαμβάνοντα, οὐδεὶς
πώποτε τοῦτον εἶπεν ὡς ἀδικεῖ καὶ πόλεμον ποιεῖ, τοὺς δὲ
μὴ ἐπιτρέπειν, μηδὲ προΐεσθαι ταῦτα συμβουλεύοντας,
τούτους πόλεμον ποιεῖν φασίν; ὅτι τὴν αἰτίαν τῶν ἐκ
τοῦ πολέμου συμβησομένων δυσχερῶν (ἀνάγκη γὰρ,
ἀνάγκη πολλὰ λυπηρὰ ἐκ τοῦ πολέμου γίγνεσθαι) τοῖς
ὑπὲρ ὑμῶν τὰ βέλτιςα λέγειν εἰθισμένοις, ἅπαντες ἀνα-
θεῖναι βούλονται. Ἡγοῦνται γὰρ, ἐὰν μὲν ὑμεῖς ὁμοθυ-
μαδὸν ἐκ μιᾶς γνώμης Φίλιππον ἀμύνησθε, κἀκείνου
κρατήσειν ὑμᾶς, καὶ αὐτοῖς οὐκέτ' ἔσεσθαι μισθαρνεῖν·
ἂν δ' ἀπὸ τῶν πρώτων θορύβων αἰτιασάμενοί τινας,
πρὸς τὸ κρίνειν τράπησθε, αὐτοὶ μὲν τούτων κατηγο-
ροῦντες ἀμφότερα ἕξειν, καὶ παρ' ὑμῖν εὐδοκιμήσειν,
καὶ παρ' ἐκείνου χρήματα λήψεσθαι, ὑμᾶς δ' ὑπὲρ ὧν
δεῖ παρὰ τούτων δίκην λαβεῖν, παρὰ τῶν ὑπὲρ ὑμῶν
εἰρηκότων λήψεσθαι. Αἱ μὲν οὖν ἐλπίδες αἱ τούτων

dissiper nos finances. Ils vous tiennent encore d'autres discours fort sensés, à ce qu'ils s'imaginent.

Mais, sans doute, ce n'est pas vous, qui par vous-mêmes n'êtes déjà que trop pacifiques, qu'il faut exhorter à la paix, mais le prince qui ne cesse de commettre des hostilités; si on le persuade, plus d'obstacle de votre part. Et ce n'est pas ce que nous dépenserons pour nous défendre, que nous devons regarder comme fâcheux, mais ce que nous aurons à souffrir, si nous ne voulons rien dépenser. Enfin, c'est en prenant des moyens sûrs pour conserver nos finances, et non en abandonnant nos intérêts, que nous devons empêcher qu'elles ne se dissipent. Au reste, je suis étonné que des malversations qu'il vous est aisé de prévenir, et que vous serez toujours les maîtres de punir, alarment si fort certaines gens; tandis que Philippe, qui envahit successivement toute la Grèce pour tomber ensuite sur nous, ne les alarme pas.

D'où vient donc qu'aucun de ces gens-là, voyant cet homme commettre ouvertement des injustices et s'emparer de nos places, ne l'accuse de violer la paix; et que, si nous vous conseillons de l'arrêter et de ne pas lui laisser le champ libre, ils nous reprochent de rallumer la guerre? Voici leur motif. Ils veulent faire rejeter les inconvéniens de la guerre (car elle en entraîne, oui, elle en entraîne beaucoup après elle) sur les orateurs qui se font une loi de vous donner les meilleurs avis. Ils pensent, en effet, que si, tous d'un commun accord, vous songiez à réprimer le roi de Macédoine, vous viendriez à bout de le vaincre, et qu'alors ils n'auraient plus à qui se vendre; mais que, si, dans les premières alarmes, vous en prenant à quelques-uns de nous, vous vous occupez de jugemens et de procès, eux qui seront les premiers à nous poursuivre, auront à la fois et plus de considération auprès du peuple, et l'argent du monarque; et que vous, Athéniens, vous punirez vos orateurs fidèles pour des contre-temps dont il faudrait punir les traîtres. Telles sont les espérances dont ils se flattent; voilà ce qui leur fait dire aujourd'hui qu'il en est parmi nous qui veulent rallumer

6*

la guerre. Mais je sais, moi, qu'avant qu'aucun Athénien songeât à proposer la guerre, Philippe a envahi plusieurs de nos places, et que, tout récemment encore, il a envoyé du secours aux rebelles de Cardie. Si cependant nous ne voulons point convenir qu'il nous fait la guerre, il serait le plus insensé des hommes de chercher à nous en convaincre. Quand l'offensé nie l'injure, est-ce, je vous prie, à l'offenseur de la constater? Mais, lorsqu'il marchera contre nous, que dirons-nous alors? Il dira, lui, qu'il ne nous fait pas la guerre. Il le disait dernièrement aux Oritains, lorsque ses soldats étaient dans leur pays; il l'avait dit auparavant aux habitans de Phères, avant qu'il fût devant leurs murailles; il le disait anciennement aux Olynthiens, jusqu'à ce qu'il fût tout près de leur ville à la tête d'une armée. Lorsqu'il sera à nos portes, dirons-nous encore de ceux qui nous exhortent à nous défendre, qu'ils rallument la guerre? Il ne nous reste donc qu'à subir le joug; car je ne vois pas de milieu.

Ajoutez, Athéniens, que vous avez de plus grands risques à courir que d'autres peuples. Philippe ne veut pas seulement asservir votre république, non, mais la détruire. Il conçoit que vous ne voulez pas obéir, et que vous ne le pourriez pas quand vous le voudriez, étant accoutumés à commander; il conçoit qu'à la première occasion vous pourriez lui susciter plus d'embarras que tous les Grecs ensemble. Aussi ne vous épargnera-t-il pas si une fois il devient le maître. Attendez-vous donc de sa part aux dernières extrémités; détestez et punissez les ministres qui lui sont vendus. Il n'est pas possible, non, il ne l'est pas que vous triomphiez des ennemis étrangers, avant que d'avoir puni vos ennemis domestiques qui sont à leurs gages. Trouvant toujours ces derniers dans votre chemin, toujours arrêtés par les obstacles qu'ils vous offrent, vous serez infailliblement prévenus par les autres.

D'ailleurs, pourquoi pensez-vous que Philippe vous outrage

αὗται, καὶ τὸ κατασκεύασμα τὸ τῶν αἰτιῶν, ὡς ἄρα
βούλονταί τινες πόλεμον ποιῆσαι. Εγὼ δ᾽ εὖ οἶδα καὶ
ἀκριβῶς ὅτι, οὐ γράψαντος Αθηναίων οὐδενὸς πόλεμον
ποιῆσαι, καὶ ἄλλα πολλὰ Φίλιππος ἔχει τῶν τῆς πόλεως,
καὶ νῦν εἰς Καρδίαν πέπομφε τὴν βοήθειαν. Εἰ μέντοι
βουλόμεθ᾽ ἡμεῖς μὴ προσποιεῖσθαι πολεμεῖν ἡμῖν ἐκεῖνον, ἀνοητότατος πάντων ἂν εἴη, εἰ τοῦτ᾽ ἐξελέγχοι.
Οταν γὰρ οἱ ἀδικούμενοι ἀρνῶνται, τί τῷ ἀδικοῦντι
προσήκει; Αλλ᾽ ἐπειδὰν ἐφ᾽ ἡμᾶς αὐτοὺς ἴῃ, τί φήσομεν τότε; Εκεῖνος μὲν γὰρ οὐ πολεμεῖν, ὥσπερ οὐδὲ
Ωρείταις, τῶν ςρατιωτῶν ὄντων ἐν τῇ χώρᾳ· οὐδὲ Φε-
ραίοις πρότερον, πρὶν ἢ πρὸς τὰ τείχη πρόσβαλεῖν αὐτόν·
οὐδὲ Ολυνθίοις ἐξ ἀρχῆς, ἕως ἂν ἐν αὐτῇ τῇ χώρᾳ τὸ
ςράτευμα παρῆν ἔχων. Η καὶ τότε τοὺς ἀμύνεσθαι
κελεύοντας, πόλεμον ποιεῖν φήσομεν; Οὐκοῦν ὑπόλοι-
πον δουλεύειν· οὐ γὰρ ἄλλο γε οὐδὲν ἔνι.

Καὶ μὴν οὐδὲ ὑπὲρ τῶν ἴσων ἡμῖν τε καὶ τισι τῶν
ἄλλων ἀνθρώπων ἔσθ᾽ ὁ κίνδυνος. Οὐ γὰρ ὑφ᾽ αὑτῷ
ποιήσασθαι τὴν πόλιν βούλεται Φίλιππος ἡμῶν, οὔ· ἀλλ᾽
ὅλως ἀνελεῖν. Οἶδε γὰρ ἀκριβῶς, ὅτι δουλεύειν μὲν ὑμεῖς
οὔτε ἐθελήσετε, οὔτ᾽, ἂν ἐθέλητε, ἐπιςήσεσθε (ἄρχειν
γὰρ εἰώθατε), πράγματα δὲ παρασχεῖν αὐτῷ, ἂν καιρὸν
λάβητε, πλείω τῶν ἄλλων ἀνθρώπων ἁπάντων δυνήσεσθε.
Διὰ ταῦτα ὑμῶν οὐχὶ φείσεται, εἴπερ ἐγκρατὴς γενήσεται. Ως οὖν ὑπὲρ τῶν ἐσχάτων ἐσομένου τοῦ ἀγῶνος
ὑμῖν, οὕτω προσήκει γινώσκειν, καὶ τοὺς πεπρακότας
αὑτοὺς ἐκείνῳ φανερῶς, μισεῖν καὶ ἀποτυμπανίσαι. Οὐ
γὰρ ἐςιν, οὐκ ἔςι τῶν ἔξω τῆς πόλεως ἐχθρῶν κρατῆσαι,
πρὶν ἂν τοὺς ἐν αὐτῇ τῇ πόλει κολάσητε ἐχθρούς· ἀλλ᾽
ἀνάγκη, τούτοις ὥσπερ προβόλοις προσπταίοντας,
ὑςερίζειν ἐκείνων.

Επεί, πόθεν οἴεσθε νῦν αὐτὸν ὑβρίζειν εἰς ὑμᾶς;

οὐδὲν γὰρ ἔμοιγε ἄλλο δοκεῖ ποιεῖν ἢ τοῦτο, καὶ τοὺς
μὲν ἄλλους εὖ ποιοῦντα, εἰ μηδὲν ἄλλο, ἐξαπατᾷν,
ὑμῖν δὲ ἀπειλεῖν ἤδη· οἷον Θετταλοὺς, πολλὰ δοὺς,
ὑπηγάγετο εἰς τὴν νῦν παροῦσαν δουλείαν· οὐδ' ἂν εἰπεῖν δύναιτο οὐδεὶς, ὅσα τοὺς ταλαιπώρους Ὀλυνθίους,
πρότερον δοὺς Ποτίδαιαν, ἐξηπάτησε, καὶ πολλὰ ἕτερα.
Θηβαίους τὰ νῦν ὑπάγεται, τὴν Βοιωτίαν αὐτοῖς παραδοὺς, καὶ ἀπαλλάξας πολέμου πολλοῦ καὶ χαλεποῦ·
ὥςε καρπωσάμενοί τινα ἕκαςοι τούτων πλεονεξίαν, οἱ
μὲν ἤδη πεπόνθασιν ἃ δὴ πάντες ἴσασιν, οἱ δ' ὅ, τι ἂν
ποτε συμβῇ πείσονται. Ὑμεῖς δὲ ὧν μὲν ἀπεςέρησθε,
σιωπῶ, ἀλλ' ἐν αὐτῷ τῷ τὴν εἰρήνην ποιήσασθαι, πόσα
ἐξηπάτησθε; πόσων ἀπεστέρησθε; οὐχὶ Φωκέας; οὐ
Πύλας; οὐχὶ τὰ ἐπὶ Θράκης, Δορίσκον, Σέρριον, τὸν
Κερσοβλέπτην αὐτόν; οὐ νῦν Καρδίαν ἔχει, καὶ ὁμολογεῖ; Τί ποτ' οὖν ἐκεῖνος τοῖς ἄλλοις καὶ ὑμῖν οὐ τὸν
αὐτὸν τρόπον προσφέρεται; ὅτι ἐν μόνῃ τῶν πασῶν
πόλεων τῇ ἡμετέρᾳ ἄδεια ὑπὲρ τῶν ἐχθρῶν λέγειν δέδο-
ται, καὶ λαβόντα χρήματα αὐτὸν ἀσφαλές ἐςι λέγειν
παρ' ὑμῖν, κἂν ἀφῃρημένοι τὰ ὑμέτερα αὐτῶν ἦτε. Οὐκ
ἦν ἀσφαλὲς λέγειν ἐν Ὀλύνθῳ τὰ Φιλίππου, μὴ συν-
ευπεπονθότων τῶν πολλῶν Ὀλυνθίων τῷ Ποτίδαιαν καρ-
ποῦσθαι· οὐκ ἦν ἀσφαλὲς λέγειν ἐν Θετταλίᾳ τὰ Φιλίππου, μὴ συνευπεπονθότος τοῦ πλήθους τῶν Θετταλῶν τῷ τοὺς τυράννους ἐκβαλεῖν Φίλιππον, καὶ τὴν
Πυλαίαν αὐτοῖς ἀποδοῦναι· οὐκ ἦν ἐν Θήβαις ἀσφαλὲς,
πρὶν ἢ τὴν Βοιωτίαν ἀπέδωκε, καὶ τοὺς Φωκέας ἀνεῖλεν.
Ἀλλ' Ἀθήνησιν, οὐ μόνον Ἀμφίπολιν καὶ τὴν Καρδια-
νῶν χώραν ἀπεςερηκότος Φιλίππου, ἀλλὰ καὶ κατα-
σκευάζοντος ἡμῖν ἐπιτείχισμα τὴν Εὔβοιαν, καὶ νῦν ἐπὶ
Βυζάντιον παριόντος, ἀσφαλές ἐςι λέγειν ὑπὲρ Φιλίππου·
καὶ γάρ τοι, τούτων μὲν ἐκ πτωχῶν ἔνιοι ταχὺ πλούσιοι

dès à présent? Eh! fait-il autre chose? Pourquoi vous effraie-t-il déjà par des menaces, tandis que du moins il cherche à séduire les autres peuples en affectant de les obliger? Par exemple, c'est après une foule de bons offices, qu'il a jeté les Thessaliens dans l'esclavage. Qui pourrait dire combien il trompa les malheureux Olynthiens, en débutant par leur donner Potidée et en y ajoutant depuis un si grand nombre de faveurs? Maintenant encore, après avoir délivré les Thébains d'une guerre longue et difficile, il les amuse en leur soumettant la Béotie. Tous ces peuples, dont les uns ont déjà souffert ce que tout le monde sait, et dont les autres souffriront bientôt ce que le sort leur prépare, ont du moins joui d'abord de quelques avantages. Quant à vous, sans parler de ce que le monarque vous a pris pendant la guerre, en quoi ne vous a-t-il pas trompés jusque dans la conclusion de la paix? Que ne vous a-t-il pas ravi? Ne s'est-il pas emparé de la Phocide et des Thermopyles? Dans la Thrace, ne s'est-il pas rendu maître de Dorisque, de Serrie, de la personne de Chersoblepte? Ne domine-t-il pas à présent dans Cardie, et ne s'en glorifie-t-il pas? Pourquoi donc cette différence de procédés à l'égard d'Athènes? c'est que, de toutes les villes Grecques, la nôtre est la seule où il soit libre de parler pour les ennemis, et où le traître qui a reçu le salaire de sa trahison, puisse plaider, en toute sûreté, la cause de l'usurpateur devant ceux même qu'il dépouille. Il n'était pas sûr à Olynthe de parler pour Philippe, quand le peuple n'en avait reçu aucun service, et qu'il ne jouissait pas de Potidée. Il n'eût pas été sûr chez les Thessaliens de parler pour Philippe, avant qu'il eût chassé les tyrans, et qu'il les eût rétablis dans le droit amphictyonique. Il n'était pas sûr à Thèbes de parler pour ce prince, avant qu'il eût soumis la Béotie aux Thébains, et qu'il eût ruiné la Phocide. Mais, dans Athènes, quoique Philippe vous ait enlevé Amphipolis et Cardie, quoiqu'il se soit fortifié dans l'Eubée pour tenir l'Attique en respect, et que même, à présent, il marche contre Byzance, il est toujours sûr à nos orateurs de parler pour lui. Que dis-je? c'est par là qu'on a vu les partisans de ce prince, d'obscurs et de pauvres qu'ils étaient, devenir tout-à-coup riches et fameux, et qu'au contraire votre richesse s'est changée en indigence, et votre gloire en opprobre. Car, je le répète, c'est dans le nombre des alliés, c'est dans la confiance et l'attachement des peuples que je fais consister la richesse d'une république ; richesse essentielle dont vous êtes absolument dépourvus. Grâce à cette indifférence qui vous fait négliger vos vraies ressources, et qui ruine vos affaires, Philippe est devenu heureux et puissant, formidable aux Grecs et aux Barbares ; tandis que vous êtes décriés, abandonnés ; somptueux, il est vrai, et magnifiques dans vos marchés, mais dignes de risée et de mépris dans vos armemens. Je remarque, au reste, que plusieurs de nos orateurs ne prennent pas pour eux-mêmes les conseils qu'ils vous donnent ; ils vous exhortent à demeurer en repos, quoique vous soyez attaqués, eux qui ne peuvent s'y tenir au milieu de nous, quoiqu'on ne les attaque pas.

En effet, Aristodème, si l'on vous demandait, toute invective à part, pourquoi, sachant bien (c'est une vérité que personne n'ignore) que la vie des hommes privés est libre, sûre et tranquille, au lieu que celle des hommes publics est pleine de soins, de traverses et de périls ; pourquoi, dis-je, vous préférez les dégoûts et les dangers de l'une, aux douceurs et à la sûreté de l'autre ; qu'auriez-vous à répondre? Quand même je vous passerais ce que vous pourriez dire de plus raisonnable, que c'est l'amour de la gloire qui vous anime, je verrais encore avec surprise qu'un homme persuadé que, pour ce motif, i doit tout faire, tout souffrir, hasarder tout, conseillât aux Athéniens de se couvrir d'infamie en se livrant à la mollesse. Vous ne direz point, sans doute, que vous devez tenir un rang dans Athènes, et qu'Athènes n'en doit tenir aucun dans la Grèce. Je ne vois pas non plus que, pour sa sûreté, la république ne doive se mêler que de ses affaires propres, et que vous, pour la vôtre, vous deviez vous ingérer dans les affaires d'autrui. Je

γεγόνασι, καὶ ἐξ ἀνωνύμων καὶ ἀδόξων ἔνδοξοι καὶ γνώ-
ριμοι, ὑμεῖς δὲ τοὐναντίον ἐκ μὲν ἐνδόξων ἄδοξοι, ἐκ δ᾽
εὐπόρων ἄποροι· πόλεως γὰρ ἔγωγε πλοῦτον ἡγοῦμαι
συμμάχους, πίςιν, εὔνοιαν, ὧν πάντων ἐςὲ ὑμεῖς ἄποροι.
Ἐκ δὲ τοῦ τούτων ὀλιγώρως ὑμᾶς ἔχειν, καὶ ἐὰν τοῦτον
τὸν τρόπον τὰ πράγματα φέρεσθαι, ὁ μὲν εὐδαίμων καὶ
μέγας, καὶ φοβερὸς πᾶσι τοῖς Ἕλλησι καὶ βαρβάροις
ἐςὶν, ὑμεῖς δ᾽ ἔρημοι καὶ ταπεινοί· τῇ μὲν γὰρ κατὰ τὴν
ἀγορὰν εὐετηρίᾳ λαμπροί, τῇ δ᾽ ὧν προσῆκε παρασκευῇ
καταγέλαςοι. Οὐ τὸν αὐτὸν δὲ τρόπον περί τε ὑμῶν καὶ
περὶ αὐτῶν ἐνίους τῶν λεγόντων ὁρῶ βουλευομένους·
ὑμᾶς μὲν γὰρ ἡσυχίαν ἄγειν φασι δεῖν, κἄν τις ὑμᾶς
ἀδικῇ, αὐτοὶ δ᾽ οὐ δύνανται παρ᾽ ὑμῖν ἡσυχίαν ἄγειν,
οὐδενὸς αὐτοὺς ἀδικοῦντος.

Καίτοι, λοιδορίας χωρίς, εἴ τις ἔροιτο, Εἰπέ μοι,
τί δὴ γινώσκων ἀκριβῶς, Ἀριςόδημε (17) (οὐδεὶς γὰρ
τὰ τοιαῦτα ἀγνοεῖ), τὸν μὲν τῶν ἰδιωτῶν βίον, ἀ-
σφαλῆ, καὶ ἀπράγμονα, καὶ ἀκίνδυνον ὄντα, τὸν δὲ τῶν
πολιτευομένων, φιλαίτιον, καὶ σφαλερὸν, καὶ καθ᾽
ἑκάςην ἡμέραν ἀγώνων καὶ κακῶν μεςόν, οὐ τὸν ἡσύ-
χιον καὶ ἀπράγμονα, ἀλλὰ τὸν ἐν τοῖς κινδύνοις αἱρῇ;
τί ἂν εἴποις; Εἰ γάρ, ὃ βέλτιςον εἰπεῖν ἂν ἔχοις, τοῦτό
σοι συγχωρήσαιμεν ἀληθὲς λέγειν, ὡς ὑπὲρ φιλοτιμίας
καὶ δόξης πάντα ταῦτα ποιεῖς, θαυμάζω τί δήποτε σαυ-
τῷ μὲν ὑπὲρ τούτων ἅπαντα ποιητέον εἶναι νομίζεις, καὶ
πονητέον, καὶ κινδυνευτέον, τῇ πόλει δὲ προέσθαι ταῦτα
διὰ ῥαθυμίαν συμβουλεύεις· οὐ γὰρ ἐκεῖνό γ᾽ ἂν εἴποις,
ὡς σὲ μὲν ἐν τῇ πόλει δεῖ τινα φαίνεσθαι, τὴν πόλιν δ᾽
ἐν τοῖς Ἕλλησι μηδενὸς ἀξίαν εἶναι· καὶ μὴν οὐδ᾽ ἐκεῖνό
γε ὁρῶ, ὡς τῇ πόλει μὲν ἀσφαλὲς τὸ τὰ αὐτῆς πράττειν,
σοὶ δὲ ἐπικίνδυνον, εἰ μηδὲν τῶν ἄλλων πλέον περι-
εργάσῃ· ἀλλὰ τοὐναντίον, σοὶ μὲν ἐξ ὧν ἐργάζῃ καὶ

περιεργάζη, τοὺς ἐσχάτους ὄντας κινδύνους, τῇ πόλει δὲ
ἐκ τῆς ἡσυχίας. Ἀλλὰ, νὴ Δία, παππῷα καὶ πατρῷα δόξα
σοι ὑπάρχει, ἣν αἰσχρόν ἐςι ἔν σοι καταλῦσαι· τῇ πόλει δ᾿
ὑπῆρξεν ἀνώνυμα καὶ φαῦλα τὰ τῶν προγόνων; Ἀλλ᾿
οὐδὲ τοῦθ᾿ οὕτως ἔχει. Σοὶ μὲν γὰρ ἦν κλέπτης ὁ πατήρ,
εἴπερ ἦν ὅμοιός σοι· τῇ πόλει δὲ ἡμῶν, ὡς πάντες ἴσασιν
οἱ Ἕλληνες, δὶς ἐκ τῶν μεγίςων κινδύνων ὑπὸ τῶν προγόνων ἡμῶν σεσωσμένοι. Ἀλλὰ γὰρ οὐκ ἴσως, οὐδὲ
πολιτικῶς, ἔνιοι τὰ καθ᾿ ἑαυτοὺς, καὶ τὰ κατὰ τὴν πόλιν
πολιτεύονται. Πῶς γάρ ἐςιν ἴσον τούτων μέν τινας ἐκ τοῦ
δεσμωτηρίου προϊόντας ἑαυτοὺς ἀγνοεῖν, τὴν πόλιν δ᾿, ἣ
προεισήκει τῶν ἄλλων Ἑλλήνων τέως, καὶ τὸ πρωτεῖον
εἶχε, νῦν ἐν ἀδοξίᾳ πάσῃ καὶ ταπεινότητι καθεςᾶναι;

Πολλὰ τοίνυν ἔχων ἔτι καὶ περὶ πολλῶν εἰπεῖν, παύ-
σομαι· καὶ γὰρ οὐ λόγων ἐνδείᾳ μοι δοκεῖ τὰ πράγματα, οὔτε νῦν, οὔτε ἄλλοτε πώποτε, φαύλως ἔχειν,
ἀλλ᾿ ὅταν πάντ᾿ ἀκούσαντες ὑμεῖς τὰ δέοντα, καὶ ὁμο-
γνώμονες ὡς ὀρθῶς λέγεται γενόμενοι, τῶν λυμαίνεσθαι
καὶ διαςρέφειν ταῦτα βουλομένων, ἐξ ἴσου κάθησθε
ἀκροώμενοι, οὐκ ἀγνοοῦντες αὐτούς. Ἰςε γὰρ εὐθὺς
ἰδόντες ἀκριβῶς, τίς μισθοῦ λέγει, καὶ τίς ὑπὲρ Φιλίππου πολιτεύεται, καὶ τίς ὡς ἀληθῶς ὑπὲρ τῶν βελτίςων·
ἀλλ᾿ ἵν᾿ αἰτιασάμενοι τούτους, καὶ τὸ πρᾶγμα εἰς γέ-
λωτα καὶ λοιδορίαν ἐμβαλόντες, μηδὲν᾿ αὐτοὶ τῶν δεόντων ποιῆτε.

Ταῦτ᾿ ἔςι τἀληθῆ μετὰ πάσης παρρησίας, ἁπλῶς
εὐνοίᾳ, τὰ βέλτιςα εἰρημένα, οὐ κολακείας καὶ βλάβης
καὶ ἀπάτης λόγος μεςὸς, ἀργύριον μὲν τῷ λέγοντι ποι-
ήσων, τὰ δὲ πράγματα τῆς πόλεως τοῖς ἐχθροῖς ἐγ-
χειριῶν. Ἡ οὖν παυςέον τούτων τῶν ἐθῶν, ἢ μηδένα ἄλλον αἰτιατέον τοῦ πάντα φαύλως ἔχειν, ἢ ὑμᾶς
αὐτούς.

vois, au contraire, que vous courez à votre perte, vous, parce que vous en faites trop, et la république, parce qu'elle n'en fait point assez. Direz-vous, enfin, que vous avez reçu de votre père et de vos aïeux une gloire que vous ne pouvez laisser éteindre sans honte, et que les ancêtres d'Athènes ne lui ont transmis que des exploits obscurs et peu importans? Non, il n'en est pas ainsi. Votre père était un fripon, s'il vous ressemblait : et les ancêtres de la république! ils ont été tels que le savent tous les Grecs sauvés deux fois par eux des plus grands périls. Quelques-uns de vos ministres, ô Athéniens! voient donc d'un autre œil leurs intérêts et les vôtres; ils n'agissent ni en bons patriotes, ni en hommes justes. Est-il juste, en effet, que des gens échappés des prisons se méconnaissent; et qu'une république qui, par le passé, commandait à tous les Grecs, et jouissait parmi eux de la prééminence, soit aujourd'hui dégradée et avilie?

Quoique j'eusse encore bien des choses à dire sur plus d'un objet, je m'arrête; d'autant plus que ce n'est pas faute de paroles que nos affaires dépérissent depuis long-temps, mais parce que, après avoir entendu et unanimement approuvé les bons conseils, vous écoutez aussi favorablement les discours des traîtres qui s'étudient à les combattre et à les détruire. Vous les connaissez néanmoins, ces traîtres; vous distinguez au premier coup d'œil, ceux que l'or de Philippe fait parler, d'avec ceux qui n'ont d'autre intérêt que celui de l'État : et si vous écoutez les ministres qui se vendent, c'est afin de pouvoir vous en prendre, dans vos contre-temps, aux orateurs intègres, tourner la chose en raillerie ou en invective, et par là vous dispenser de faire ce qui convient.

Voilà des vérités utiles que le pur zèle me dicte; je vous parle hardiment, sans fard et sans artifice. Mon discours n'est point rempli de flatteries et d'impostures; il n'est point fait pour valoir de l'argent à l'orateur, et livrer aux ennemis les intérêts de l'État. Je dis donc que vous devez changer de conduite, ou ne vous en prendre qu'à vous du désordre de vos affaires.

NOTES

DE LA QUATRIÈME PHILIPPIQUE.

———◆◆◆———

(1) Αλλα.... *Nous ressemblons à des gens qui ont pris un breuvage de mandragore, ou quelque autre breuvage*, c'est-à-dire *il semble que nous soyons plongés dans une léthargie profonde*. La mandragore est une plante dont le jus assoupit.

(2) Philippe, chef des alliés dans la guerre de Phocide, avait fait proscrire les Phocéens et les fauteurs de leur impiété. Une troupe d'Eléens bannis enrôla une partie des soldats phocéens qui s'étaient sauvés en Crète avec leur général Phaleucus, et vint attaquer Elide dans le Péloponèse. Les habitans de cette ville, secourus des Arcadiens, battirent cette armée de rebelles et de sacriléges, et, les ayant pris tous à discrétion, ils les massacrèrent pour exécuter le décret qui les avait proscrits. C'est là ce que Démosthène appelle les *massacres d'Elide*.

(3) Il s'agit ici des Thébains qui avaient utilement servi et secouru le roi de Perse, Artaxercès-Ochus, au siége de Péluse, ville d'Égypte. Nous avons vu, dans la harangue précédente, que Philippe avait pris Echine aux Thébains. Il est probable que ceux-ci ne purent supporter patiemment cette perte, et qu'ils se mirent en devoir de réprimer l'ambition de Philippe, qui les avait ménagés jusqu'alors. Cet emportement des Thébains fut passager, et n'eut pas de suite.

(4) L'eunuque Hermias, gouverneur d'Atarne en Mysie, avec lequel Philippe entretint de secrètes intelligences, méditant déjà la conquête de l'Asie, et ces grands projets qui furent exécutés par son fils Alexandre.

(5) Les rois de Perse passaient l'été à Ecbatane en Médie, et l'hiver à Suze en Perse. Celle de ces deux villes qui était le moins éloignée d'Athènes, en était à six cents de nos lieues.

(6) *Lui qui l'avait déjà aidée....* Non pas Artaxercès-Ochus lui-même, alors régnant, mais lui, dans la personne d'Artaxercès-Mnémon, son père et son prédécesseur. Celui-ci avait vaincu Cyrus, pour lequel Lacédémone s'était déclarée. Voulant se venger des Lacédémoniens, il se porta avec ardeur au rétablissement d'Athènes, qu'il avait opprimée. Les Athéniens obtinrent d'Artaxercès un puissant secours, qui les mit en état de secouer le joug de Lacédémone.

(7) *Nous offrait de grands avantages.* Quels étaient ses avantages? Dans quel temps et pourquoi ils furent offerts aux Athéniens par le roi de Perse? C'est de quoi l'histoire ne nous instruit pas, et sur quoi on ne pourrait donner que des conjectures.

(8) Voyez le sommaire de cette Philippique.

(9) Cent trente talents ne faisaient que trois cent quatre-vingt-dix mille livres de notre monnaie. Mais premièrement, il faut considérer que ceci s'entend uniquement des revenus qui se tiraient de l'Attique seule. Car les contributions des Alliés, suivant la taxe d'Aristide, étaient annuellement d'environ 460 talents, et elles furent portées par Périclès à un tiers de plus. En second lieu, pour bien comparer leurs revenus avec les nôtres, il faut considérer quel était alors le prix des choses. Un bœuf, du temps de Solon, se vendait cinq drachmes, c'est-à-dire, 50 sous. Un porc, du temps d'Aristophane, valait 3 drachmes, qui font 30 sous.

(10) *Quatre cents talents.* Quatre cent mille écus.

(11) Tous les officiers de la république qui étaient choisis parmi les citoyens riches, avaient des appointements qui se prenaient sur les mêmes fonds sur lesquels on faisait des distributions aux pauvres citoyens.

(12) Il y avait une loi de Solon qui déclarait infâme, c'est-à-dire, dépouillait des droits de citoyen, tout fils qui manquait à respecter ou à secourir son père comme il le devait.

(13) Il y avait des orateurs qui, pour faire la cour au peuples, proposaient de taxer les riches pour fournir aux dépenses d'objets inutiles, mais qui lui étaient agréables. Les riches ne manquaient

pas de poursuivre criminellement l'auteur d'une proposition qui livrait leurs biens au caprice de la multitude. Les causes de cette nature se portaient devant le peuple qui, ayant honte de soutenir une injustice manifeste, la condamnait tout haut, et se disposait à la punir; mais lorsqu'on procédait au jugement, les suffrages secrets renvoyaient le coupable absous. Le peuple donnait ordinairement son suffrage en tendant la main; mais, dans les causes criminelles, il le donnait par scrutin.

(14) Lacédémone s'allia d'abord avec Darius-Notus, dont les forces mirent en état Lysandre, son général, d'assiéger Athènes et d'abattre sa puissance. Conon ensuite, général athénien, obtint d'Artaxercès-Mnémon les secours nécessaires pour venger Athènes, et pour la relever de sa chute. Les rois de Perse mettaient leur politique à balancer entre elles les Républiques grecques, de peur que, si quelqu'une eût dominé, elle n'eût tourné ses armes du côté de l'Asie. Lacédémone, secondée par Darius-Notus, n'eut pas plus tôt assujetti les Athéniens, qu'elle ravagea les provinces de Perse dans l'Asie Mineure, et se joignit aux satrapes rebelles. Athènes, secourue par Artaxercès-Mnémon, ne se vit pas plus tôt affranchie du joug des Lacédémoniens, qu'elle embrassa le parti d'Évagoras, qui avait usurpé sur Artaxercès la plus grande parti de l'île de Cypre.

(15) *Et fort mal pour nous,* parce que sans doute ils ne s'étaient pas rendus à ses invitations, lorsqu'il leur avait demandé du secours, ainsi qu'aux Thébains.

(16) Athènes et Lacédémone, dans le temps de leur puissance, aimaient surtout à voir chez elles les députés des autres peuples venir implorer leur protection, ou rechercher leur alliance.

(17) Aristodème était comédien de profession, et connu probablement comme n'ayant pas une probité fort exacte. Il se mêlait des affaires publiques, et fut chargé de plusieurs ambassades pour la Macédoine.

FIN.

www.ingramcontent.com/pod-product-compliance
Lightning Source LLC
Chambersburg PA
CBHW070816250626
47170CB00006B/2128